苏北花开

陈恒礼 著

从薄弱乡村到最美乡村

江苏人民出版社

图书在版编目（CIP）数据

苏北花开：从薄弱乡村到最美乡村 / 陈恒礼著. 一南京：江苏人民出版社，2019.4

ISBN 978‐7‐214‐23398‐1

Ⅰ. ①苏… Ⅱ. ①陈… Ⅲ. ①纪实文学－中国－当代 Ⅳ. ①I25

中国版本图书馆 CIP 数据核字(2019)第 071845 号

书　　　名	苏北花开——从薄弱乡村到最美乡村
著　　　者	陈恒礼
出 版 统 筹	韩　鑫
责 任 编 辑	强　薇
装 帧 设 计	许文菲
责 任 监 制	王　娟
出 版 发 行	江苏人民出版社
地　　　址	南京市湖南路 1 号 A 楼，邮编：210009
照　　　排	江苏凤凰制版有限公司
印　　　刷	江苏凤凰数码印务有限公司
开　　　本	652 毫米×960 毫米　1/16
印　　　张	13.75　插页 2
字　　　数	180 千字
版　　　次	2019 年 4 月第 1 版
印　　　次	2023 年 9 月第 3 次印刷
标 准 书 号	ISBN 978‐7‐214‐23398‐1
定　　　价	39.50 元

（江苏人民出版社图书凡印装错误可向承印厂调换）

实施乡村振兴战略,是党的十九大作出的重大决策部署,是新时代做好"三农"工作的总抓手。各地区各部门要充分认识实施乡村振兴战略的重大意义,把实施乡村振兴战略摆在优先位置,坚持五级书记抓乡村振兴,让乡村振兴成为全党全社会的共同行动。要坚持乡村全面振兴,抓重点、补短板、强弱项,实现乡村产业振兴、人才振兴、文化振兴、生态振兴、组织振兴,推动农业全面升级、农村全面进步、农民全面发展。要尊重广大农民意愿,激发广大农民积极性、主动性、创造性,激活乡村振兴内生动力,让广大农民在乡村振兴中有更多获得感、幸福感、安全感。要坚持以实干促振兴,遵循乡村发展规律,规划先行,分类推进,加大投入,扎实苦干,推动乡村振兴不断取得新成效。

——习近平

我们对这土地爱得深沉（代序）

贾兴民

认识这部书的作者，是来到睢宁工作之后。其间偶尔听说过他，真正见到他本人，是在 2015 年的冬天。那次是徐州市委办公室按照市委主要领导人的安排，邀请四位作家报道徐州市的生态文明建设。他们来到睢宁采访我时，有人介绍他说，这位是你们睢宁的本土作家。印象中他矮个子，瘦身材，人很乐观。

后来，没有机会进一步结识。只是知道他写睢宁的作品《中国淘宝第一村》，先获得了浩然文学奖，后又获得了江苏省第六届紫金山文学奖，这是中华人民共和国成立后睢宁县获得的最高文学奖了。我很高兴，觉得他为睢宁在文学界争得了荣誉，但仍然未见到他本人。

去年五月的一天，他突然提出来要见我，说他结束了在高党新村、官路小区、湖畔槐园的采访，正准备写一部以睢宁乡村振兴为题材的长篇报告文学，想征求我的意见和看法。很快，他就把这部名叫《苏北花开》的征求意见稿，摆放在我的面前。

作者的激情和担当，我很理解。读了他的文字，深为感动。他以对家乡这片土地的真挚感情，忠实地记录了在实施乡村振兴战略部署中，敢为人先的睢宁精神，睢宁人民做出的值得一写的艰辛努力。笔下的人物是真实的，故事是真实的，感情是真实的，思考也是值得肯定的。从字里行间，我读到了他对脚下这片土地的热爱，对农民兄弟的赤诚，对乡村振兴的呼唤。我也从他的这部作品里读到了在这个伟大的新时代里，我们肩上的一份沉甸甸的责任和使命，这就是党和人民的重托。同时我还读到了我们都是这土地上的一株普通的庄稼，目标就是为人民奉献上丰硕甘美的果实。

没有比土地更为深沉的情怀，没有比庄稼更为饱满的感恩。如果没有土地的厚爱，人类的所有活动都将停止。你给予土地多少感情，土地就会加倍奉献回报。如果没有庄稼的开花结果，我们面对的将是一片苍凉和沉寂，所有的希望和蓬勃，都将不复存在。如果没有乡村振兴战略实施，我们"两个一百年"的宏伟蓝图、全面建成小康社会的奋斗目标将无法实现。农民把一粒种子播进土地，就会连同自己所有的希望，也一起播进土地，吸收阳光雨露，日复一日地不断努力生长、开花、结果，然后奉献给人民。我们每一个人，都是土地的种子，只有依靠土地的乳汁和温暖，才能完成整个生命的历程，才能实现最终的追求。没有种子不热爱的土地，也没有土地不拥抱的种子。我们没有理由不去拥抱这片土地，不为生活在这片土地上的人民，贡献出全部的热情和智慧。

在实施乡村振兴战略中，我们渴望这片土地更加丰厚富饶，我们播下的种子生长得更加旺盛苗壮。也许我们并不杰出，但杰出的队伍里有我们拼搏追赶的脚步；也许我们还来不及完成最美的书写，但未来最美的书写里必定有我们今天洒下的青春汗水。乡村振兴，是中华民族实现伟大复兴梦想的关键一步，这是人类历史上一颗目标宏大的种子，在中国的土地上必然会产生伟大的奇迹。在这个"中国梦"里，有睢宁追梦人贡献的智慧和力量。

"实施乡村振兴战略，是党的十九大作出的重大决策部署，是新时代做好'三农'工作的总抓手。各地区各部门要充分认识实施乡村振兴战略的重大意义，把实施乡村振兴战略摆在优先位置，坚持五级书记抓乡村振兴，让乡村振兴成为全党全社会的共同行动。"这是习近平总书记作出的重要指示。江苏省委书记娄勤俭、省长吴政隆先后到睢宁现场指导，徐州市委书记周铁根多次到睢宁访农家、作调研、指方向。睢宁这片曾经贫困薄弱的土地上，留下了他们的足迹，倾注了他们的关怀。这是鼓舞，更是激励和鞭策！我们从陈恒礼的这部作品里，读到了睢宁人民在乡村振兴中的"共同行动"！

感谢陈恒礼为这部作品所付出的劳动。在乡村振兴的道路上，也留下了他的足迹。我们每一个人，都应该在脚下的土地上，留下自己人生美好的奋斗足迹。这是对土地的忠诚，也是对生活在这土地上的人民、对自己的感恩。

睢宁在实施乡村振兴战略的征程中，才迈出第一步，所取得的成效和变化也仅仅是刚刚开始。我想用习总书记的一句话来表达对这块土地和人民的由衷祝福：更好的日子还在后头！

目 录

第一部　启程

朝霞已经升起。

故道已经醒来。

人勤春早。 在冰封的季节里，人们总是能捕捉到春的气息。 为了收获，为了梦想，为了一路花开，他们开始启程。

目标是明确的，无论道路多么曲折。 既然勇敢地迈出了第一步，那么就会迈出第二步、第三步……

每前进一步，离目标就近了一步。

乡村的心跳，和这脚步一样急切。

风雨兼程。 挺起的脊背，闪着阳光的金色光泽。

黄河故道，我的大苏北，我们并肩，一起奔跑！

开局之年

故道。拂晓。

2018，中国乡村振兴的开局之年！

2018年狗年春节即将到来，旺旺的报春声，此起彼伏，亲切暖心。这是开局之年的晨曲。

故道，是黄河故道，静静地流淌。仿佛流动着一曲迎春的乡村歌谣。

农历腊月二十八之前，从睢宁县姚集镇高党新村里传出，睢宁县委书记贾兴民，这一天要去他们高党新村，参加村民举办的迎春联欢会。

我们的故事，就从这里开始了。

高党新村，是县委、县政府时刻牵挂的村庄。村民说，我们像有无数条手臂在拉着他们，他们就是我们地里的一棵庄稼，根就扎在这里，带着我们一起描绘高党美好的前景。这里的一草一木，一沙一石，我们认识，他们也都认识。

从2014年下半年始，经过四年的奋斗历程，高党人用自己的实践，证明了乡村振兴让中国人的饭碗，在任何时候都牢牢地端在自己的手上。端牢饭碗，必须种好土地。种好土地，才能丰富农民的饭碗。几百年几千年，农民的辛劳和梦想，不是就为了端好自己的饭碗吗？

中国要强，农业必须强；中国要美，农村必须美；中国要富，农民必须富。农民稳则天下安，农民兴则基础牢，农民富则国家盛。

党的十九大提出实施乡村振兴战略，就像三月里的春风，送来了淅淅的春雨，激动着乡亲们内心那条波澜兴起的河流，向前涌动。是啊，实施乡村振兴战略，是实现中华民族伟大复兴的必由之路。贯彻落实好习总书记"三农"思想，是新时代破解"三农"难题、推进"三农"工作的根本遵循之道啊！

振兴中国，振兴中国的乡村！睢宁的每一座乡村，每一寸土地，都要播下"振兴"这一颗希望的种子，在全面小康的道路上，一个都不能少，一个都不能掉队。

时间为我们定位未来坐标，时间也会为我们开启一段崭新征程。

今天，贾兴民去高党新村，参加这里村民搬进小区的第二个春节联欢会，为这里的父老乡亲，送上一份祝福，分享他们的快乐，与他们同欢同庆。他觉得他应该去。因为，他认为自己也是高党新村的一员。

不辜负春风，不辜负新时代！

高党新村是个什么地方？

高党新村位于姚集镇东北黄河南岸滩面上，距镇政府约三公里，是一个多姓氏的行政村。"问我祖先何处来，山西洪洞大槐树。问我老家在哪里，大槐树下老鸹窝。"在高党村人的族谱上，清楚记载着这首民谣，说明高党人家是在明朝年间从山西迁徙而来。

黄河南迁后，由于凶猛的黄水连年决口泛滥，需要筑堤加高大堰，黄水携带大量泥沙淤积，致使黄河南岸形成一片滩涂高地。最早迁来的高党移民，就在此处搭棚建房，繁衍生息。

后来，南来北往的商人去邳州交易货物，要途经这里，于是慢慢就有了一个渡口。

高党地名的来历有两种说法，一是说高姓人家在黄河渡口开了一个"党子铺（客栈）"，为南来北往客人提供食宿方便。以待人热情而闻名遐迩，村庄形成后便自然称之为"高党铺庄"；第二种说法是此地地势高亢，上面又有人家开了一个"党铺"，因此称为"高党铺庄"，后简称高党庄。

一方水土养一方人，高党村有着悠久的蒲草编织手工艺传统，村人说，这是混穷的手艺。每年入秋，都要到黄河滩涂上割蒲草，晒干后收藏起来，以备冬闲时打蒲包编蒲扇之用。地方民谣："前营葱，后营蒜，李三漫萝卜蛋，高党编包打蒲扇。"这是贫困的高党人面对艰难岁月的生活智慧和艺术。

饲养白山羊是高党人家的重要生存手段。广袤无边的黄河滩，近水处茂密繁盛的蒲草林，汩汩流淌的故黄河水，在这种天然生态的环境下，哺育出的睢宁白山羊是全国优质品种，体型均匀，板皮优良，肉质细嫩，口感极佳。这里乳白色的羊肉汤，浓郁鲜美，让人望而生津；葱爆羊肉片，让人吮指回味；红烧羊肉更是让人欲罢不能，这里有"羊肉汤拌米饭，给个乡长都不换"的乡间俗语。

高党村还曾经是远近闻名的蚕桑村，当年姚集镇最大的收茧场就设在高党，每天收蚕茧不少于两千斤。

源于黄河古渡、兴于黄河古渡的高党村，最终也因渡口的消亡而衰败。但是高党人就像他们村里那棵一百多岁的老桑树一样，有着百折不挠、愈挫愈勇的性格和奋发向上的顽强精神。据村民戴言山（60 岁）的奶奶（今年 90 多岁了，耳不聋眼不花）说，在她结婚来到戴家时，高党村的这棵老桑树当时只有一拃左右（大拇指和食指张开的距离）粗。这棵老桑树在 1993 年夏天被雷电击中，劈成两半，村民以为这棵树必死无疑。谁知来年它又顽强地复活了，而且枝繁叶茂，愈加苍郁。

现在，这棵老桑树被复制在村史馆里，依然是当初葳蕤的神态。我曾为它写过一首诗，誉它为一棵雷公桑：

这是一棵被滚雷劈开的古桑
半腰处裸露着乳白色的胸腔
滚雷试图从黄河故道旁
抹掉这一尊挺立的坚强
没那么容易，即便被劈为两半
也绝不会向灾难说出半句哀伤

古桑树扬起不屈的双臂
灵魂的翅膀依然在蓝天下飞扬
贴近它铁色的躯干，你听
那一声滚雷早在它腹内被分解成营养
雷公桑，高党的魂魄
土地上枝繁叶茂的脊梁

雷公桑根扎在高党
如今生长在村史馆中央
如果它没有坚贞不屈的灵魂
怎可以电闪雷鸣中坚强

那是高党活着的尊严

永恒地护佑着这座村庄

古桑树正用它苍郁的叶子

吐放着现代诗行

像一只美丽的春蚕

吐着亮晶晶的丝

密织着乡村坚守的信仰

我们现在再来认识黄河故道。

据 2015 年版《睢宁县志》载：古黄河横穿睢宁北部，西接铜山温庄闸，东至宿迁东海，流经睢宁境内全长 69.5 公里，流域面积 204 平方公里。

2007 年版《睢宁水利志》载：据史书记载和考证，黄河侵淮于汉，公元前 168 年（汉文帝十二年十二月），河决酸枣，东溃金堤，河溢通泗。公元前 132 年（汉武帝元光三年）夏，河决瓠子复通于泗，至公元前 109 年而塞，故复故道。

1128 年（南宋建炎二年或金天会六年），东京（今开封）留守"杜充决黄河自泗入淮以阻金兵"。决口地点在李固渡（河南滑县沙店集南）以西，自鱼台以北入泗水，在沛县北进入江苏南下，往徐州、邳州（今睢宁古邳）、宿迁、淮阴、安东从云梯关入海。黄河大规模南泛，长期侵泗夺淮入海，始于 1194 年（南宋绍熙五年），黄河大决于阳威（今河南原阳县境），主流循道凶猛南下，由封丘至徐州入泗水，至淮阴以下全面侵占淮河入海水道，其后又经过多次变动，直到明代后期，经白昂、刘大夏、潘季驯主持治理，河道才基本上固定下来。黄河从丰、砀交界二坝，东流入徐州市区折而东南，穿越铜山、睢宁、宿迁、泗阳、淮阴、淮安、涟水、阜宁，经响水、滨海到大淤尖以东流入黄海。1855 年（清咸丰五年）河决河南兰阳铜瓦厢（今河南兰考县北）再度北徙，经山东利津入渤海。自此黄淮分离，原东流遗留的河槽即成今天的黄河故道。

从 1194 年黄河侵淮夺泗入海，到 1855 年黄河铜瓦厢决口北行，黄河在睢宁大地上，存留了 661 年。在这 661 年的时间里，这条反复无常的长河，频频泛滥，冲毁良田无数。村民说，这里是黄河的老家。意思是只有在老家里它才会这么任性。

黄河每一次在睢宁土地上的泛滥咆哮，留下了深刻的印痕。最为显著的就是日复一日的贫穷、贫困、贫瘠、贫苦。

我和摄影家葛振比别人早一步来到高党，为的是多捕捉一些欢乐的节日镜头。

一路走来，我和葛振不断交流着内心的感受。无论你是来自山南，还是海北，当你的双足踏进这座美丽崭新的村庄，立马会被她端庄秀美的气质所倾倒。你无法相信，在今天苏北的故黄河大堰下，会有这么一个令人惊羡的村庄。你为她震惊，为她陶醉；你为她痴迷，一见钟情，心生喜欢。说她是天上仙境，偏偏飘落人间；说她是江南水乡，现在流经她身边那道如此清澈的河流，却是历史上屡屡泛滥的黄水。错落有致的小街小巷，眼前搭起来的迎亲的彩虹门，一字排开，明亮宽敞喜庆。这里是财政部、农业部、环保部、住建部等七部委命名的"全国美丽乡村示范村"！你不能不说，高党新村的美，不是一个虚幻的传说，而是一个真实的所在。白墙灰瓦，花木摇曳，民宅小楼，荷塘喷泉，村貌清丽。篮球场、村史馆、民俗馆，历史与现代交融，乡愁与憧憬同在。彩虹门深处，两家同时娶媳妇的村民，顺着这搭起的彩虹大道，把幸福和欢乐向前延伸。前来祝福道喜的亲朋好友，笑逐颜开。旁边的灶火正红，挥臂的大厨，施展着娴熟的手艺——全是乡村喜欢的味道。乡村女歌手，正在高歌流行的祝酒歌，美酒飘香……民宅的院落里或高高的阳台上，晾着各色各式如鲜花般盛开的衣被。村民在细数着举办婚礼两家人的过去和现在，细数着他们的新亲故交。他们在太阳底下，在拂面的春风里，心情和春风一起，在村子里轻轻荡漾。整个村庄，无处不挂着大大小小的红灯笼，把一个崭新的村庄，打扮得像一个待嫁的姑娘，连笑声也是红红亮亮的。村部前面是村民广场，是一个属于全村人的百姓大舞台，台前展示着村民们一张张全家福的照片，背景有的在新居前，有的在新景中。大舞台已经布置妥当，春节大联欢就将在这里举行。慕名而来的陌生人，举着手机、照相机，流连于新村的每一个角落，捕捉新村迎春的欣喜。

从村民口中得知，这里即将演出的文艺节目，是高党新村居民自编自导自演，自己娱乐自己的迎春节目。看，他们都藏不住发自内心的喜悦和激动。

在热烈欢乐的音乐声中，演出开始了。台下的村民和台上的演员一样，围着鲜艳的长长的红围巾，坐在台下，映着一脸喜庆的笑容。台下的人对台上的表演，是熟悉得不能再熟悉了，仿佛这些音韵一直就回响在他们的心里。这些音韵，是新村里的祝福，是游子泪流满面的乡愁。掌声和笑声格外地响亮。在演出当中，"高党好人"被请上舞台，主持人宣布请县委书记上台为他们颁奖。贾兴民健步迈上舞台，和"高党好人"一一握手。颁完奖后，他走到舞台的正前方，情不自禁地向村民致新春祝福。他说："去年的今天，乡亲们刚刚搬进新居，我来到这里为'好媳妇们'颁奖，我看到了大家的笑容。今天，我又来到这里，同大家一起欢庆新春，又一次看到了大家的笑容。高党新村在发展，高党新村在振兴，这才是大家都愿意看到的美景。我祝福高党村民阖家幸福，节日快乐！"

随后，那位叫袁美娟的美女主持人，当场朗诵了她创作的献给高党新村的诗，其中最后一句是这样的：

我是风，我在追，
追逐的明天你会更加美！

"这土地上"的情结

一

所有的追梦者都有他前行的目标。

"天行健，君子以自强不息；地势坤，君子以厚德载物。"

坐在我面前的贾兴民，面带着农民式的亲切和善。他这样的目光，我在乡村里曾不止一次地看到过，那些纯朴热情的乡亲，那些真诚善良的农家主人就带着这样的目光。他作为县委书记，我作为一名采访者，这种交流，是带着期待的互相倾听。我们如同一棵庄稼，倾听雨声；如同一片蓝天，倾听鸟鸣；如同一条河流，倾听土地的呼吸。我们彼此都知道，对方心里在想着什么。

我们的访谈从土地开始。"为什么我的眼里常含泪水，因为我对这土地爱得深沉。"无论是谁，只要是他对脚下"这土地"怀着赤子情怀，无论他曾经听过多少次这首艾青的《我爱这土地》，总会热泪盈眶，心潮难抑。

是的，认识并了解"这土地"，就会知道什么叫真情，什么叫温暖，什么叫思念，还有期望，还有寄托，还有播种，还有硕果。他的内心会一直不断地缠绕着土地的情结，旺盛着农民的情怀，并用全部的热诚和赤情，去拥抱它，去守护它，去耕耘它。

一个人爱他自己，就会把自己收拾得冰清玉洁，纤尘不染；一个人爱他的庭院，就会每天清晨打扫庭院，让它窗明几亮，满屋温馨；一个人爱他的土地，就会倾尽汗水，精耕细作，让它繁花似锦，遍地生香。

爱"这土地"，从爱它的环境开始。爱它的乡村，就如爱自己的身躯。爱它的广袤，就如爱自己的初心。爱它，就给它一个赏心悦目的环境。打扫的路不仅是城市宽阔的大道，更应该是乡间那一条条小路。栽下的绿不光有城市公园的风景，更要有我们百村万树的美丽。我们今天为什么要付出得更多，是因为我们欠乡村的账太多。欠账要还，天经地义，应该尽快地补上，何况我们欠的是土地的账，是农村的账，是农民的账。乡村环境的整洁美丽，是百姓宜居生活的感情所寄，展现了我们对新农村的向往和热爱。

为老百姓留住鸟语花香，留住金山银山。

在很长的一段岁月里，我们无法把"贫困"两个字，从土地上搬走，从乡村里拿开。"贫困"是人们对乡村持久不变的印象。"贫困"给生活、劳作、挣扎在"这土地"上的农民，带来了难以诉尽的屈辱、鄙视、讥笑和痛苦。

脱贫是我们面临的艰巨任务！农民不脱贫，我们就脱不了责任。脱贫是群体的脱贫，一个都不能落下。那些因种种原因，依靠自身的能力无法实现脱贫的，大家齐心协力，抬也要把他们抬进小康社会里。我们允许和支持一部分人先富起来，这个先富起来的概念，与改革开放之初的内涵，有着很大的不同。那个时候先富起来的一部分人中，有的文化层次较低，起点也低，富起来为的是自己。我们现在支持和扶持一部分人先富起来，是种田大户，是农业合作社的带头人，是农民企业家。他们把合作社建在支部里，是党领导下的合作社，把更多的农民吸引过来，依靠集体的力量和先富起来的人，让村集体、合作社和农民组织合成一股力量，共同奔小康！

乡村振兴，是睢宁人的百年梦想。在今天，党中央提出了实施乡村振兴战略，而具体的睢宁乡村振兴，如何实施？实际上，睢宁早在2015年就开始探索乡村振兴之路。睢宁人以自己的行动和追求美好生活的理念，证明了党中央决策部署的英明正确。中国的改革开放从土地开始，哪一年的一号文件，说的不是农村、农业、农民？不是乡村振兴？乡村振兴，改革开放一开始就在实施。只是每一个时期都有不同的任务和提法。当我们走进新时代的时候，对乡村振兴的要求不一样了，不再是为了解决温饱，而是要实现农业农村现代化，农民要过上让城里人羡慕的幸福生活。

实现睢宁乡村的全面振兴，要选准突破口，要立起精准的示范标杆，才能看得见、学得来、可复制、做得到，才能推动全县的整体振兴。乡村振兴，要由一个坚强的党组织来实施，要有一批能干事、会干事、干成事的人来担当。姚集镇和高党村具备了这样的条件，而且事实证明，他们也确实担当起来了。那里的土地和那里的人民，是睢宁最值得自豪和骄傲的土地与人民。不是我们选择了高党，而是高党选择了我们。

二

"不谋全局者不足谋一域，不谋万世者不足谋一时。"从领导层面说，决策睢宁的乡村振兴，是睢宁县四套班子的集体智慧和魄力。

"支持政府把'产业兴旺'作为乡村振兴的战略支撑抓实抓牢，在壮大村集体经济、构建现代化农业体系，坚持'内涵提升'、注重质量效益，推动农村三产融合发展等方面深入调查研究，在支持和鼓励农民就业创业、拓宽增收渠道上献计献策，把代表智慧和力量凝聚到提升民生福祉上来。推动厚植生态文化，彰显人文之美，对'两网协同'、'百村万树'、'263'专项整治行动等工作加强监督问效，让群众享受到更多的绿色福利。践行新时代睢宁精神，致力于新时代乡贤文化的挖掘与弘扬，推动走出一条具有睢宁特色的乡村振兴发展新路径。"

这是赵李作为睢宁县人大常委会主任，在睢宁县第十七届人民代表大会第二次会议上，代表常委会所作的工作报告中表述的话。他对我说，这一段话，是他在审定报告时，特别加进去的。

"特别"，是别具匠心。

在这次大会上，表决通过了《关于全面贯彻落实县委、县政府〈关于深入推进乡村振兴工程三年行动计划加快实现农业农村现代化的实施意见〉的决议（草案）》。

这个决议案在开头便申明："会议认为，《实施意见》全面规划了新时代我县农业农村发展目标、任务和措施，是贯彻落实党的十九大精神，紧密结合睢宁实际的战略举措和生动实践，是落实习近平总书记视察徐州重要指示的具体行动，体现了省、市委对睢宁发展的最新要求，反映了全县人民的共同意愿，是引领我县今后一个时期改革发展尤其是农业农村发展的行动指南。全体代表经过学习讨论，表示一致拥护。支持县委正确决策，坚决贯彻落实《实施意见》的各项目标任务。"

在赵李主任的办公室里，我见到这位令我感到亲切的老领导。

那时我还在睢宁报社副刊部工作，赵李时任县委常委、宣传部部长，他交给我一个任务，写一部记录睢宁儿童画50年发展历程的书。睢宁县是全国唯一的儿童画之乡，正在筹备首届儿童画艺术节，写这样一部作品，当然是个很不错的创意。因为这个原因，我近距离与他有了密切接触。凡是采访写作需要的，他总是从细节上给予全方位的关怀指导。后来这部作品写成了，叫《世界太阳花》，这是第一部描述睢宁县儿童画发展历程的长篇报告文学，与他的支持分不开。

赵李离开宣传部部长的位置后，无论是做常务副县长，还是县委副书记时，他工作的重心始终没有离开农业农村。尤其是在全省率先发力，开始故黄河的综合开发治理，获得了省、市主要领导的充分肯定，并发展成为全省范围内的故黄河开发治理，要把横穿全省490公里的黄河故道打造成美丽富裕的生态走廊。

他说，在睢宁实施乡村振兴战略部署，没有现成的模板，也没有现成的路径。我们只有依靠全县各级党组织，带领全县党员干部，全县农民朋友，在实践中探索，在探索中实践。这项工作是项长期任务，既不能急于求成，也不能迟缓等待。我们必须用开拓的精神，面对各种困难和挑战，落实好十九大提出的乡村振兴战略部署。我是睢宁人，一直从事农村工作，对这里的人民和土地，怀有深厚的感情。对农村工作，我还没干够，一直关注着乡村的发展和变化。乡村调查、提案，一直是县人大工作的重点。当县委、县政府提出全县乡村振兴三年计划实施意见，全体代表作了充分深入的学习讨论，一致通过决议，为全县的乡村振兴，给予了充分的保障和支持。

然后他望着我说，你写睢宁乡村振兴的发展路径，要讲好睢宁人的故事。讲什么故事，讲哪些人的故事，要思考透彻，把新时代新农村真实记录下来，写得精彩，给读者带来思考和启示，带来激情和信心。

没有坐享其成的乡村振兴，也没有不用出力流汗的乡村振兴。乡村振兴，是干出来的乡村振兴，是拼搏出来的乡村振兴，是智慧谋划出来的乡村振兴。我希望你写出一部经得起时间检验的睢宁乡村振兴的大书。

三

"当家才知柴米贵。"坐在朱明泉县长对面，倾听他关于乡村振兴的情怀后，我心里突然冒出来乡间老百姓常说的这句普普通通的话。我理解这句话的意思是，日子睁开眼天天过，过得平安顺畅不容易。一家人的吃穿住行，吃不穷，穿不穷，谋划不到就受穷。居家过日子，也有一个规划问题，统筹问题，收和支的问题。那么一个县的"家"，不更是如此吗？

1972年出生的朱明泉，已略现花白头发，脸庞泛着红润，这让我感觉，他的面相，似乎比他的头发要年轻得多。

我们的话题当然是从全县正在进行的乡村振兴上开始。

我们工作的重心和关注点，一直放在乡村振兴战略实施上，一直放在如何加快推进上。睢宁是一个农业大县、贫困大县，在睢宁推进乡村振兴战略，在实践上就显得更加重要。发展是如此迅速，但我们城乡的二元结构差距没有缩小，某些方面反而在加大。城市建设像欧洲，乡村发展像非洲。我们之所以落后，一是落后在基础设施上，二是落后在公共服务上。随着"空心村""空巢村"的出现，大量的年轻人外出去城市务工，去经济发达的地方务工，农村已经出现了衰落迹象。老人身边无儿女，小孩身边无父母，这是令人担忧的。要富强农民，要脱贫奔小康，建成全面小康社会，农村面貌必须改观，农民生活必须改善，农业产业必须改革。强富美高的乡村振兴目标，是党委、政府的大事，是我们唯一的也是必须的选择。

县委、县政府通过大量的调研走访，发动群众座谈讨论，纳言问计，初步形成的共识是，在资源严重匮乏的睢宁县，土地是唯一的也是最大的资源，坚定地做好土地文章，采取一系列措施，探索睢宁乡村振兴的发展路径。县委、县政府决定启动大规模集中居住区新农村建设，以此作为总抓手，争取把阻碍睢宁农村农业发展的难题，在乡村振兴的大盘子里解决。我们调查过，一个千户人家的村庄，户均宅基地为1.3亩，新型集中居住后，一个村庄可以腾出500亩以上的复耕新增土地。这些土地经过全省的占补平衡，增减挂钩，将会给睢宁乡村振兴和农村农业发展，注入一股新鲜的血液，激活各项事业蓬勃发展，有效地增加村级集体收入，改善农民生产生活条件。在集中居住区筹建过程中，我们反复召开村民会议，争取百分之九十五以上村民的同意支持，并把村民的支持作为集体决策的意志。通过评估、补偿、拆迁，以一系列政策作为保障，让新型的集中居住区水电路畅通，沼气天然气进户，体育文化、教育卫生、养老托幼设施配套齐全。让群众舒心，让百姓富裕，让乡村美丽。

但无论乡村振兴的规划多么完美，多么详尽，多么符合人民的意愿，但实施起来，要保障健康有序地推进，要有投入。同时，还要保全县工资发放，保民生，保运转。在"三保"的前提下，多方筹集资金，推进乡村振兴进展。上级支持的资金是有限的，要靠自身筹措。现在工资在提高，医保标准在提高，民政福利在提高，复转军人待遇也在提高。公园要建设，道路要建设，农路农桥要建设，要城乡供水一体化，做好水源地保护，做好区域供水，建清水走廊，建地面水厂，建污水处理厂，建第二水源地，这都是各要十几个亿的工程。今年一季度，我们已下拨给乡村振兴十几个亿，第二个季度又是十几个亿。而我们的土地增减挂钩，一般需要两年左右时间才能实现资金回笼，所以县财政要预借资金支持乡村振兴推进，待土地复耕复绿，通过检查验收，才能走向市场。苏锡常和南京等经济发达地区在找土地指标，而我们在找合适的土地交易对象。我每天都在考虑这些事情，半夜三更睡不着觉。有压力啊，资金的压力，发展的压力。

我就是在这时才想起乡间老百姓说的那句话，"当家才知柴米贵"。我望着朱县长说，你是不是因为压力太大，头发才开始白的？朱县长听我这么一说，身子朝后一仰，开心地笑出声来。看得出这是发自内心的笑声，脸上尽是欣慰的表情。

他继续对我说下去。

一盘棋走活，是一个全流程的工程。推进农民集中居住区建设是实施乡村振兴战略的重要组成部分，符合新型城镇化发展方向。当前，全县农民集中居住区建设工作稳步推进，取得了一定成绩，相关工作走在全省、全市前列。下一步，沿线各镇要充分依托黄河故道资源优势，着力打造一批精品工程，促进提档升级，确保每镇至少建成一个独具特色的农民集中居住区，要提升规划建筑形态。按照"尊重民意、适度超前、合理布局、彰显特色、功能完善"原则，坚持高起点定位、高标准规划、高品位打造，着力在黄河故道沿线建设一批人文宜居、错落有致的特色村居。综合考虑各村资源禀赋、村落分布等因素，科学合理规划布局，避免"百村一面、千篇一律"。我们由县委副书记王敏、副县长李曙光牵头，指导县农指办、规划局解放思想、创新思维，积极组织外出学习考察、转变设计理念，提升建筑形态，指导各镇做好农民集中居住区建设提档升级。进一步彰显古黄河文化标识，县文广新体局会同沿线各镇充分发掘当地历史故事、人文典故、传统文化等内容，充分运用人物雕像、砖雕石刻、亭台牌楼等元素，实现"一村一貌、一村一景、一村一品"，不断提升文化品位和审美情趣。我们在不断提升绿化档次和水平，通过栽植大树、果树、蔓藤爬藤类植物，扩大农民集中居住区绿化面积，打造生态宜居的美丽村落，不断提高居民的生活品位和生活情趣。

为了加强资金支持保障，根据各镇空间和时间差异，针对性地研究制定差异化土地增减挂钩资金保障标准。进一步加大资金支持力度，高效推进土地复垦工作。结合当前人工成本提升、建材价格上涨等因素，在原补贴标准基础上每亩新增一万元补助资金。县农指办、国土局、财政局保证做好衔接，县财政局积极克服困难，确保补助资金分期分批及时足额拨付到位。要求各镇对照目标任务，始终坚持"量力而行，尽力而为"，积极克服资金瓶颈，按照"总体规划、分步实施"原则，稳妥有序推进征收拆迁和农民集中居住区建设，加快土地复垦进度。坚持成熟一块验收一块，督促各镇尽快补交土地，保障全县土地指标供应。

建设宜居宜业村庄。要大力实施农业产业结构调整，加快农村一二三产业融合发展，促进农村产业兴旺，实现农业增效、农民增收、农村繁荣。确保全县完成每年一万亩农业产业调整、至少一个农产品精深加工企业招引、一万吨冷库建设的"三个一"目标任务。围绕资源开展招商引资，促进农产品初加工、精深加工和综合利用加工协调发展，进一步延伸产业链，实现农业"接二连三"发展。加快发展农村电商产业，充分发挥"互联网＋"示范带动作用，加强品牌包装培育、提升品牌形象，按计划尽快实现淘宝村零突破、淘宝镇全覆盖，使农村电子商务由"沙集模式"向"睢宁模式"转变。

当人的注意力集中于某一情境之中，对时间流动是没有知觉的，人的情感集中时会忽视时间的存在。我和朱县长再次相视一笑的时候，手机显示，一个上午即将过去。这一次采访是事先预约的，原以为用不了这么长的时间，结果出人意料。我这才想起来，本来倒好的各自一杯水，我和他，谁也没喝一口。

四

用县委副书记王敏的话说，贾书记负责睢宁乡村振兴的全局设计，他们负责一系列具体措施落实。包括他和县长朱明泉在内，睢宁县三位主要领导将精力和目光都投放在乡村振兴中了。

认识王敏，是他从徐州调来睢宁履新县委常委、宣传部部长时。那一次召开全县文艺座谈会，他作为新来的部长与我们见面。我感到新奇又新鲜，就同徐州写小说的文友郭宝光说了，睢宁来了位从徐州调来的宣传部部长，像个文弱书生，名字叫王敏。郭宝光说你可拉倒吧！你哪点看出来他像个文弱书生？他原先是我的老领导，是我的老班长，方便时代我向他问好！就这样，我自觉与王敏多了一层友情关系。

按照事先约定的时间，我与王敏见面了。伸出的手相互一握，我就感到了彼此的亲切。

一坐下来，我们就直奔主题。他也不用我提过多的采访要求，就侃侃而谈。这次采访很放松，很愉快，完全是一对久别的朋友的交流。那种感觉，像有许多话要说。

我做县委副书记时，书记那时还是县长，他交代我的第一件事，就是整治好农村环境卫生。过去，上级领导来睢宁考察调研，都要提前准备，现在呢，不用了，随时来，随便看。全县建了十个垃圾回收站，4000多个建档立卡的低收入农户成了保洁员，年龄偏大的，能干动活的，都得到了很好的安置，使他们多了一份家庭收入保障。全县一年回收的物资3万多吨，统一集中处理，仅成本就减少200多万元。四年时间，我们关注农村环境卫生整治，兢兢业业地去做，如今生态环境取得了可喜的成绩。我们希望在这方面，在苏北，在全省，探索出一条新的路径，可以在全国推广。全国可是有 2000 多个县啊，那该产生多么大的社会效益。现在我们有垃圾填埋场、垃圾焚烧场，有餐厨垃圾处理中心，有垃圾资源利用中心，把垃圾变为有用的绿色材料。

我们初步建立完善了垃圾处理系统工程，不仅要处理好生活垃圾，更要处理好生产过程中的垃圾，比如农作物秸秆。全县建立了 5 个秸秆收储中心，还雇佣低收入户，到田间地头收集秸秆，统一卖给秸秆收储中心，每亩小麦秸秆，可增加 70 元左右的收入，全县有 120 万小麦，增加的是一笔不小的收入啊。我们还引进了稻壳发电项目，与扬州大学联合，利用成熟的技术，把秸秆转化为饲料，建立万头奶牛场，就地生产深受消费者欢迎的酸奶。全县 50 万亩水稻、10 万亩玉米秸秆，都有了再利用的去路。尤其是玉米，我们引进了甜玉米、糯玉米，改稀植为密植，每亩增加了 2000 多棵。秸秆青储，为奶牛生产，提供了充足的饲料来源。

县委、县政府推进的百村万树工程，我们把力气用在抓落实上。2016 年全县植树 600 多万棵，2017 年植树 700 多万棵。去年我们去慰问消防官兵，他们说生态一年比一年好了，过去为了预防杨絮着火，一天 24 小时守在车上待命。现在植了那么多生态树，更新了有絮杨，树阵起来了，以后也不用那么提心吊胆了。而且，还发展了林下经济，养鱼、养鸡、种花生、种中草药，增加农民收入。睢河街道栽植的绿化树，三年后还可以间伐售卖苗木，原先三公分售价 10 元左右，间伐时有五至八公分粗，售价 80 到 150 元，经济效益可观。县委、县政府要求把生态环境做成农民致富的产业。我们正朝这个方向努力。

十九大召开期间，县委组织党员干部收看习总书记的重要讲话，还建立了一个学习群，在群里互动，县、镇领导与群众互动，学习的效率提高了，针对性加强了。在县委常委会上、全会上、两会上，学习和讨论全县乡村振兴三年实施计划，一个项目一个项目地解读，充分理解十九大实施乡村振兴战略部署的深远意义。从最初的改善村民居住环境良好愿望，到土地增减挂钩综合治理、解决乡村振兴的资金问题。问计于民，摸索适合睢宁乡村振兴的新路径，也就是以"睢宁精神"，创新"睢宁路径"，由环境优美向生活富裕转型，由生活改变向生产改变转型，把农民从土地上解放出来。如今在高党新村，已经聚集了31家企业、9家合作社、90家个体工商户，实现800多人就业。我们坚持进一步打造好农民创客空间，对农民朋友展开新一轮的培训，让农民电商们在线上线下齐发展，自主掌握致富技能。

我们还详细规划了村级乡村振兴后备力量的储备，在实践中增长他们的才干，保障乡村振兴后继有人，长盛不衰。村级主职有具体考核指标，把支部带好，把党员带好，把老百姓的事办好，这是政治责任。尤其是发展村集体经济，与村两委干部的报酬直接挂钩，让村干部有压力、有目标，激发信心和干劲，完成精准脱贫任务。只有集体经济发展壮大了，才能让老百姓享受乡村振兴的实惠，促进县、镇农业公司，集体农场，种田大户的经济效益大幅提升。

睢宁的乡村振兴，老百姓是欢迎拥护的，有着深厚的民意基础，有坚持不懈地抓下去的条件。走得很顺，呼应了老百姓的需求。着眼长远，预设的目标一定会实现。用两至三年时间，全县新农村振兴建设会取得更令人欣喜的成就。我们在发展中培养了一批懂农业、爱农村、爱农业的干部队伍，有这么一支优秀的干部队伍，在干事中不断提升，使他们经得起考验，耐得了摔打，受得了批评，也经得起赞扬。实干兴邦，实干出人才。乡村振兴肯定会上升到一个崭新的高度。我们的顶层设计，标准越来越高，质量越来越好。我们有信心实现乡村振兴的战略目标和任务。

　　整整一个上午，我都在倾听王敏关于全县乡村振兴发展的感受，我感到，他这位措施的落实者和政策的制定者、执行者，正把他的热情和激情，倾洒在睢宁这片乡村土地上。我被他感染着、激励着。临分别时，他说他要准备明天的乡村振兴推进会，推动下一步工作健康有序地开展。

五

　　总有追梦的先驱者。

　　高党，是一块饱含真情的土地。

　　高党，居住着淳朴感恩的乡亲。

　　土地，你给予它每一滴水，每一捧肥，每一颗种子，它必会毫无保留地给予回报。高党人有土地一样的纯朴和情怀。你给他们滴水之恩，他们必会铭记在心，对你致以内心深处的谢意。他们用心回报，用笑容表达，却很少用语言直接说出来。不是他们不善于说话，而是他们有土地一样的厚道，做的永远比说的实在。

　　无论这块土地曾经多么贫瘠，但它从来没有屈服过，在痛苦中挣扎可以，但绝不会在痛苦中畏缩、战栗、低头、后退。无论这里的人们曾经多么贫困，但他们从来没有停止过抗争的行动，没有停下过探索的脚步。

　　"老少边穷"四个字，是贫困地区的代名词，高党占了其中两个，一个是"老"字，这里是睢宁"龙姚魏"红色革命老区；一个是"穷"字，这里都是泡沙盐碱地，风吹茅草根，兔子不拉屎，乌鸦不做窝。

　　宋以传，高党村20世纪60年代的老书记。他先从部队转业到蚌埠法院，"三年困难时期"被饿得跑回了老家，丢弃了公职。就是他，体会到饥饿和贫穷如两头"饿狼"，让老百姓感到恐惧。在他的带领下，村里成立了木业加工厂、毛笔厂、建筑队、砖瓦厂、油坊，还起了高党集，延续至今。他们要用行动，把"饿狼"驱走。

村里穷，百姓苦，为了方便黄河故道南来北往的人，宋以传决定在故黄河上建一座民便桥。乡亲们说没有钱，宋以传说我们是没有钱，可我们有的是志气和力气！硬是用车推肩挑，在黄河故道上建起了百姓便桥，后来，在县水利部门的扶持下，又把这座桥改建为水泥桥，一直使用到现在。

在他主持下，村里修了一条南北一公里长的灌溉主渠，用来旱改水，高党人，要吃上自己种的大米！

村里人说，宋以传书记，在1949年以前就是干革命的啊！

"要吃米，找宋训喜。"姚集人和高党人如今还记得这句话。

宋训喜不是高党人，他是从丰县调来姚集做书记的，来时用平车拉着孩子，带着老婆和极简的日常用品。用当初高党目击者的话说，马尾拴豆腐——没法提！

那个时候的姚集故黄河滩上，一刮风飞沙腾起，睁不开眼。盐碱在土地上结着坚硬的壳。活了十几年的杨树，长的模样，比栽的时候粗不到哪里去。宋训喜说要利用废黄河水，实现旱改水，种水稻，让姚集老百姓吃上大米。谁能信呢？宋训喜却坚定不移。他骑着破自行车，戴着旧斗篷，背着黄书包，里头装着白芋煎饼。到吃饭时，上老百姓家里讨口水，就在田间地头吃了。他带人挖大沟造良田，五十米一条，把下面淤土翻上来，掺在沙土里改造成两合土。插水稻时，他手里拿着一截削尖了的小木棍，插下去拔出来，然后再栽下稻秧，就这样给老百姓示范。栽下第一年，一亩地也就收了百十斤，老百姓有些怀疑，而从第二年开始，产量逐年上升。老百姓笑了。

那时，宋训喜的副手叫宋俊德，两个人配合得极好。一个在家带人扒大沟，一个带队去打姚龙干渠。算起来，黄河有半个多世纪没回老家来看看了。黄河回老家就是发大水，高党人睡的软床子，夜里不知不觉，床腿就陷进泥沙里去了。黄河回家的路被切断了，再也不会有当年横冲直撞的任性了。这中间，就有宋训喜、宋俊德带领村民穷则思变的功劳啊！

似乎他们在说，高党新村有了今天，有党和政府各个时期、各级领导的奉献，他们是革命传统的继承人和传播人。我们将记住他们，感恩他们！

感恩他们的初心！

六

追逐初心，追踪高党振兴的轨迹和路径，毫无疑问一定会追到陈楚。他是时任姚集镇的党委书记。

2014 年的夏季，似乎比往年热点。陈楚这一段时日里，一直在苦苦地思索着一件事。他不能不思索，不能不放在心上。事关姚集事业发展和百姓未来的幸福，事关县委、县政府领导的重托，作为一镇的党委书记，面对省委部署的故黄河现代化农业综合开发重大决定，他深感这既是机遇，也是挑战，在考验着姚集镇党员干部的勇气、智慧和信心。如果把姚集镇的发展，放在故黄河农业综合开发的大篮子里来同时打造，应该选择什么样的策略和路径？

画面在陈楚心中一一浮现。2012 年，江苏省委部署：加快黄河故道沿线农村经济社会发展，是建设现代农业、提高江苏农业综合生产能力的"重中之重"，是实现全面振兴苏北、加快全省"两个率先"进程的"重中之重"。要抓好这个"重中之重"，必须科学总结以往治理开发的经验得失，由省统一规划和组织，以农业综合开发为突破口，以完善水利、交通等基础设施为重点，以建设千里现代农业特色走廊为主要目标进行综合治理开发、整体联动推进。

黄河故道，西从张圩黄山入境，在姚集镇境内流经魏山、刘庄、陆庄、王塘、房湾、赵场、高党、李庄至八一村东出境。横贯姚集镇全境，全长 32 公里，宽 150 米，水深 1.5 至 3 米不等。这是自然基础条件。

中华人民共和国成立前，居住在姚集镇主河道两岸的村民，墨守"上不扒沟，下不打堰"的陈规旧俗，"天上下雨地上流"，任其自然，历经多年，不曾整修，河床抬高，淤塞严重，致使水流不畅。伴随而来的还有另一种说法，河道宜曲折为好，曲折是风水吉象。故使这条故道旱时枯竭，涝时则横溢，每逢暴雨季节，高党老一辈人记忆深刻，堰下茫茫一片汪洋，良田积水达一米多深。庄稼被淹，房屋倒塌，颗粒无收，人们背井离乡。故道排涝防旱，无济于事。

1949 年以后至 20 世纪 70 年代，地方政府以工代赈治理故道，仍未有效地解决水患，汛期一到，人们仍是提心吊胆，担心家园毁于一旦。

1980 年，县委、县政府成立治黄指挥部，进驻姚集，治黄垦荒。动员全县 20 多个乡镇近万名民工，连续三个冬春的奋战，不仅彻底解决了水患，还增加可耕地面积一万余亩。1985 年冬，姚集镇又动员全镇人民沿故黄河新大堤修筑一条直通睢邳一级公路的防涝路，方便农产品运输。

1985 年 5 月，江苏省委、省政府领导来到姚集镇视察废黄河治理情况，评价"姚集镇综合治理故黄河初具规模，初见成效"。

　　然而，时代在发展，社会在进步，故黄河农业综合开发利用也展示了更为诱人的前景。江苏省对黄河故道开发有了更高的要求，故黄河将要迎来新的春天，她将向人们展示前所未有的风采！

　　故黄河的这些历史，陈楚当然心中清楚。但他更清楚姚集人民对故黄河治理所寄予的殷切期望，要利用好这次机会，做好新农村建设，做好土地增减挂钩，做好村民集中居住的科学安排，把老百姓对未来美好生活的追求，融入故黄河沿线的农业综合发展之中，融入整体发展之中。

　　他深知自己肩上的责任重大，这位 1997 年从运河师范毕业的年轻镇党委书记，任过小学老师，做过乡、县团委干部，有过在县招商局工作的经历，也经过镇长位置上的锤炼。年龄不大，经历的考验却不少。而他每进步一个台阶，都倾注了上级领导对他的培养、信任和自己踏踏实实的努力。当然面对新的挑战和机遇，他只能做得更好而别无选择。

　　他理清了如下的思路：

　　1. 姚集镇沿故黄河两岸的乡村，位于综合开发利用项目之内，具有独特的地理优势和资源，必须充分利用好大自然留给姚集镇人民的宝贵资源，与新农村建设、集中居住结合起来。

　　2. 拆迁和筹建，是一项繁重而又复杂的工程，姚集镇的镇、村、组三级干部从来也没有经历过。完成这项艰巨的任务，必须有一个有号召力、有凝聚力、有战斗力的村级党组班子，必须有一个能力超强、具有丰富农村工作实践经验又有威望的村书记。

　　3. 必须征得绝大多数村民的同意支持和拥护，否则很难开展下去。

　　经过精心筹备，陈楚主持召开了全镇村书记座谈会，征求他们的意见和建议。

当他把设想和目标任务介绍完之后，屋里寂静无声。村书记们知道，这不是一项简单的任务。依他们在农村的工作经验以及对自己村庄的了解，他们熟知村庄的每一道掌纹，他们已经看到了即将面临的各种阻力和困难。他们觉得自己没有充分的把握完成这项历史上从未有过的任务。它的前景虽然美好，但历史上不仅未曾有过，也未曾有人想象过。正因为如此，不可预知的困难也将更大！

沉默。寂静。烟雾缭绕。

这个时候，有一个人开腔了。平静而又坚定，自信而又充满了决绝，声音格外地响亮："我们高党村先带个头干！"满座皆惊！

这个人就是宋之领——高党村党支部书记，一位在姚集镇村支部书记当中享有崇高威望的老书记，他请战了！

陈楚心中一阵惊喜。宋之领的请战，无论是他本人，还是高党村所处的实际情况，都符合他的规划思路。这在意料之中，又在意料之外。毕竟，他是一位带"老"字的书记了！

全力支持！陈楚带领工作组，来到高党村民家中进行实际调研，令他没有想到的是，集中居住区的建设，竟然获得了百分之九十以上村民的理解和支持。看着收上来的调查表格，那可是村民自己签了字的，带着全家人的愿望。陈楚笑了。他想，选对了人，也选对了村。

很快，实施方案报到了县领导面前，这使他们看到了乡村振兴的实现已经有了十分喜人的群众基础和可靠的力量。此后，无论是在拆迁的阶段，还是在小区施工的过程中，到迁入新居、产业打造，直到现在，人们经常看见县领导们的身影。从方案的设计、优化，到建筑的外观造型细节，到一棵树一畦菜的选择，他们都要亲自过问，亲自把关，对高党农民集中居住区的建设，给足了全方位的热情支持。高党是全县乡村振兴的先行者，也是全县新农村建设的示范标本。

无论面临的是多么大的困难，在以后两年的新村建设中，工作进展比预想的要好。

旧宅拆迁、新区建设、分房落实、初期的配套设施各就各位，一切都按计划实施完善。

现在已调任新岗位的陈楚，刚刚40岁，鬓角已经斑白，他沉稳地总结说，在乡村振兴中，作为村级领导干部，也包括镇级工作人员，一定要用对人，一定要反复优化方案，符合老百姓的生活文化习惯，一定要有一个好的机制，一定要把矛盾和问题，消灭在萌芽状态。

而在乡村振兴中，不仅锻炼了一批基层党员干部，而且还出现了一批能干事、干成事、干好事的优秀干部，他们被优先提拔到更重要的岗位，去一展身手。有的从副镇长到镇长，有的从镇长到书记，有的从镇中层干部到镇领导班子。这是乡村振兴中又一珍贵的成果，将会给睢宁乡村振兴蓬勃发展，带来坚强的组织保证。

七

前进的事业总是有共产党人前仆后继。在乡村振兴中也不例外。

"亦余心之所善兮，虽九死其犹未悔。"成就一番事业，不会一帆风顺，都会遇到艰难，经历精神压力，关键看有没有"坚刚不可夺其志"的精神，有没有"咬定青山不放松"的执着。

宋之领、宋永德是在高党新村启动建筹和紧张施工期间先后任村支部书记的。如今，他们都不在了。村里有人说，他们是在高党新村建设中累死的。

没有宋之领的策划，没有宋永德的拼命，就不会有高党新村的现在，或者说，建不成。宋之昌体会颇深地对我说，有些事，不是谁想干成就能干成的。手里得有点真活。

建设农民集中居住小区，让农民过上城里人的幸福生活！这是一件新鲜事。以前没有人听说过，更别说见过、经历过。宋之领表态的"我们村先干"，消息没腿跑得快，很快传遍了高党全村。因为这五个字，从他口中说出来重如千钧，掷地有声，石破天惊。

村民们的眼光很复杂，有惊喜，有钦佩，也有怀疑，有担忧，有不解，更有嗤之以鼻的。他们私下里说老书记疯了！

宋之领根本没有疯，他是经过深思熟虑之后，看到新高党未来的前景将一片灿烂。集中居住，率先启动，抢占先机，天时地利人和三条具备，抓住了，将会给高党子孙后代带来无法估量的彻底改变。抓不住，错失机会他将悔恨终生，他就是高党的罪人。所以，他首先代表高党人喊出了"我们村先干"！这用不着回去同谁商量。一商量，决心就下不了。他那个村他清楚。人多嘴杂，脑袋瓜子灵活不灵活的人，都有。等上路了，扬帆了，就没有退路，退路已经切断了，也必须切断！只能往前走，不能向后退！困难，想干成一件事，怎么会没有困难？想吃肉，就得会啃骨头。有上山打虎的决心，必得先有上山打虎的勇气。要想走得更远，多少拦路石也挡不住前进的脚步。办法总比困难多。活着，就是来干事的，新农村等是等不来的。我是村书记，是领路人，必须比其他人先看到这一点，何况又是一位老书记。老书记不是用老眼光、老经验，而是用新情怀、新抱负、新思维、新视角，看高党的明天。老不是老气横秋、老无所梦，应是老骥伏枥、老马识途。

规划不断完善。

方案逐步上报。

高党命中该有一定会有，高党是新时代的幸运儿——幸运是为有准备的人而设定的。农村的兴旺发达强盛富裕，是睢宁人的梦想。如果在这个贫困的黄泛村庄，来一场改天换地的巨变，将会对推动睢宁的乡村强盛，起到多么巨大的示范作用！人们把目光投向高党，把希望投向高党，把乡村建设的美好理想，寄托在高党。

实施方案很快得到逐级领导的支持和批准。

宋之领投入全部的精力，组织实施。

他要做的是，在宣传发动的基础上，让全体村民理解并支持，顺利签订相关拆迁协议。

这是必需的！首先的！

党员干部会，群众代表会，一个接一个地开。宋家、王家、周家、刘家，一家一家地去。

5 个自然庄，4 个村民小组，830 多户，2 360 多位村民，此刻意识到，他们的命运，迎来了一次前所未有的抉择。祖祖辈辈居住的老宅、老屋、老树、老井都将成为历史，都将从他们的眼皮底下消失。他们要与过去所有旧生活彻底割裂，去接受他们还不知道样子的新生活，一个新的世界。那种新生活是美好的，是他们曾经羡慕过，而无法得到的。如今有希望得到了，可真的会来到吗？真的会那么美好吗？自己能不能适应那种美好？他们犹豫，他们怀疑，他们痛苦，他们不知如何选择，他们下不了决心。一边是旧的现成的，一边是新的看不见的。一边不忍舍弃，一边挡不住诱惑。他们，不知所措。

善良的村民，绝大多数是相信党和政府的，是相信各级领导的。这种信任来自自己切身的生活经历。但总有一些人只相信自己的固执，以自己为中心的固执，不会相信另外一种可能。

没有比打通一道紧闭的思想之门再艰苦的事了。

宋之领却斩钉截铁地说，村党支部必须发挥战斗堡垒作用，必须倾尽全力，让每一户签下协议。工作一次不行，两次，两次不行，三次，甚至八次十次。越到艰难的时候，越能显示党员干部的智慧和斗志，还有坚不可摧的耐力！我们有那么多的党员，我就不相信高党人会不相信党支部，不相信他们的村支书——不相信我！

然而，在此时此刻，他什么都预想到了，就是没想到他会突然病倒。他发现他的体力已经完全不能承受如此沉重的工作量。他不得不向上级党组织如实地汇报自己身体的突然变化。他不能因为自己的身体而影响高党的未来，影响上级领导的决策实施。组织上对他的情况了解后，对他进行了安慰，并立即安排他去医院做详细检查。结果令人震惊，宋之领得的是白血病！他不能再工作了。必须有人出来接棒！

组织上经过慎重考虑，决定这个接力棒，交给宋永德。宋永德果断地承担了下来。虽说宋永德接棒了，宋之领依然带着病躯，关心着高党村的每一步发展，常常和宋永德一起，讨论研究每一步行动方案、措施。毕竟，这是他拍板定下来的项目，不能实现，他死不瞑目。是的，宋之领于2016年10月去世了，年仅61岁。但他已经看到高党新村的模样。而他的接棒人宋永德，在拆迁过程中积病成疾，先于宋之领在2016年元月去世。那个时候，高党新村的整体模样只是在他心里，还没有完全呈现在他的面前。

宋之昌和他的老伴不会忘记，拆迁最为紧张的时期，是在项目区内。这里不先行拆迁，新村建设就无法施工。但一户说好的"难缠户"到拆迁时，突然改变了主意，宁死不让拆迁。该户的户主，爬到屋顶，破口大骂，极力阻止拆迁。宋永德也爬上屋顶，想进一步做思想工作，但是，户主在屋顶上拿着砖头、木棍，追着宋永德打，边打边骂，什么难听就骂什么。宋永德只能躲，但躲也躲不过。为了拆迁能进行下去，他还是忍下这口气。结果，忍下这一口气，赢得机会，赢得了时间，还是把"难缠户"缠下来了。

王行威不会忘记，那次去拆迁项目区内的一家"钉子户"。这家"钉子户"的确也是一家困难户，按乡村风俗，这户人家该喊宋永德为表姥爷。上午九点去的。但是，户主早锁上门不见人影了。宋永德派人去找。人是找来了，见到宋永德开口就说，扒了可以，你扒我一套还我两套。

宋永德很是着恼，说我还你三套！你看还有谁没扒？你这不是有意在捣蛋吗？

我在捣蛋？我看你这一帮龟孙才在捣蛋！你盖成什么样的房子，我还不知道呢！我凭什么要扒？

你不扒，我怎么盖？

你不盖，我怎么扒？

有人进屋里去看了一圈，发现什么东西也没有收拾。

宋永德说，你得去拾好东西，今天一定得扒屋。

女户主拿着一根棍子，照着宋永德就打，被围观的群众拉开了。宋永德蹲在一边抽着闷烟。忽然他把烟一扔坚决地说："扒！东西不收拾今天也要扒！协议是他签好了的！"

这话一说出口，立即惹恼了女户主。她上来一把就掐住宋永德的脖子，身体本来就不好的宋永德脸立马黄了。女户主边掐边咬牙切齿地说，掐死你这个婊孙子算了。当群众把他们拉开，好半天宋永德才喘过气来。他不能再容忍下去了，他说，掐不死我就得扒，把她家的东西收拾起来，坚决扒！老虎不发威，你还以为我是病猫了！

乡村里有乡村里的习惯和风俗，尽管这些往往不成文，但是，有时在处理乡村矛盾中，是管用的，是立竿见影的。虽然它与上级的有关要求并不十分密切一致，但它达到的目标效果是一模一样的。宋永德一咬牙说扒，这就扒了！不扒掉拿下，对于其他执行政策的拆迁户就是不公平。相信邪不压众，身后有绝大多数的村民支持，何必再畏惧胡搅蛮缠的人？对这一点，宋永德心里非常清楚，所以他有这个勇气和胆量。

在拆迁待建的关键时刻，宋永德感觉自己的身体越来越跟不上自己的脚步了，力气提不上来了，大家劝他快点去医院检查。这一查，才得知他得了肺癌。组织上立即作出安排，让宋永德从岗位退下来，安心治疗养病。

人生自古谁无死，留取丹心照汗青。这种精神在宋之领、宋永德的身上充分体现出来了。

宋之昌说，现在高党村的人，无论当初是给了两位老书记支持的人，还是同两位老书记骂过仗打过架的人，都说两位老书记的好，为他们过早地逝去感到同情和惋惜。时常表示出对他们的怀念，说如果两位老书记活到现在，高党村又会是一个什么模样？

事事都不可能众口一致，别有用心的人总是存在，至今还有人在制造谣言说，宋永德书记去世后，他家里人不在家，连房子也没有分上。现任村党支部副书记宋之武是个直性子人，他一拍桌子气愤地说，这是对我们村组干部的污蔑！他是我们敬重的老书记，对高党新村建设作出重要贡献的人，怎么会没有房子？他的房子早就和所有人一样，列入分配名单。他家里没有人在家，可房子就留下在那里，等着他们家来人上房！这是有意离间我们村组干部和群众的关系！老书记人走了，可高党还有更多的共产党员在！

八

我想起了一位项继权先生对百年中国乡村建设的论述，这些文字也许印证了乡村振兴战略的深刻之处。

乡村建设和发展问题是百年以来人们不断探索的问题。不同时期不同党派和人们提出不尽相同的解决办法。20世纪上半叶的乡村建设和发展存在"乡村建设运动""乡村复兴运动"和"乡村革命运动"三条道路,20世纪下半叶我国农村建设和发展战略出现了两次重大的转变。进入21世纪以来,党和政府再次提出新农村建设,在相当程度上也是百年来乡村建设运动的延续。不过,新时期社会主义新农村建设具有全新目标、内容和新的发展战略。从"经济第一"到"全面发展"、从"改造农民"到"尊重农民"、从"集体化"到"合作化"、从"城乡分割"到"城乡融合"、从"资源索取"到"反哺农村"等等,表明党和国家农村工作的重点、农村发展战略和道路发生了历史性的转变。这也要求我们大胆探索、勇于开拓,以新的理念和思路破解农村发展难题。

项先生继续分析说,我国是一个具有悠久农业文明历史的国家。历代不少圣哲贤人都非常重视农业和农村的发展,"重农抑商"长期被视为经济发展和社会稳定的大政方略,"炊烟袅袅、牧童放歌、男耕女织、自给自足"的田园风光一再受到诗人墨客们赞美,并成为乡村发展的理想境地。然而,近代以来,特别是20世纪初,乡村社会深深陷入衰败之中却是不争的事实。面对乡村的衰败及政治动荡,如何拯救乡村成为社会普遍关注的热点,由此也推动了形形色色的乡村建设运动。正如梁漱溟所说:"我们如果稍一留心,就可以看到许多杂志都在大出其农村经济专号,开头没有不谈农村经济破产的。救济农村已成为普遍的呼声,声浪一天一天的高上去。"

"乡村建设运动"自20世纪20年代末开始,至30年代中期形成高潮。据美国学者拉穆利(Harry J. Lamley)统计,到1934年,我国各地从事各种乡村建设活动的公私团体有691个。台湾学者杨懋春根据《申报》年鉴统计,1932—1934年,全国各地举办的乡村建设、农村改造、民众教育、自治实验等共计有 63 处。其中，影响最大的有晏阳初领导的中华平民教育促进会（平教会）在河北定县进行的平民教育活动、梁漱溟在邹平主持的乡村建设实验和黄炎培领导的中华职业教育社在江苏进行的乡村教育工作。各地乡村建设实验形成了各具特色的乡村建设模式，如"邹平模式""定县模式""徐公桥模式""无锡模式"等。其中"邹平模式"注重文化，发扬传统儒家思想，唤醒农民内力；"定县模式"偏重教育农民文化知识，扫除文盲；"无锡实验"与"徐公桥实验"将农业与教育并重，推广农业技术；晓庄学校把教育与农村改造融为一体同时进行。除一些知识分子主持的乡村建设实验之外，一些实业家也纷纷开展乡村建设实验，如卢作孚在重庆市北碚从事乡村建设实验约二十年，力图通过兴办实业，发展工业，实现乡村现代化。对于20 世纪初的乡村建设运动，人们已经进行了大量的研究，普遍注意到在众多机构和团体投身乡村建设运动的时候，各有各的来历，各有各的背景。有的是社会团体，有的是政府机关，有的是教育机关；其思想有的"左倾"，有的右倾，其主张有的如此，有的如彼。虽然各地乡村实验的立场、观点和方法不尽相同，但都是致力于乡村建设、乡村改造。其乡村建设和发展目标不仅是旨在推动乡村的发展，也是"改造乡村，改造中国"，通过乡村建设和改革以拯救中国，寻求中国救亡和民族复兴之路；从建设内容和途径上看，他们大都注意到教育、文化、道德、传统、合作、工业及自治等等对于乡村建设和发展的重要作用。

对于新农村建设，人们进行了大量的研究。虽然人们对于历史上的农村建设及当前新农村建设的背景、内容和模式提出了不尽相同的解释，但大都同意，尽管历史上及国外直接提"农村建设"或"新农村建设"的实践并不多，当前的新农村建设与历史上的乡村建设及国外的乡村发展具有全然不同的历史背景和发展目标，但它们仍有相同或相近的宗旨和目标，都是旨在促进乡村经济、社会及政治的发展。当前关于如何建设和发展农村，以及通过农村发展推进整个社会发展，也是百年以来人们不断探索的问题。当下的新农村建设在相当程度上也是百年来乡村建设运动的延续，从根本上说，一个世纪以来的农村建设和发展问题都是在中国现代化过程中出现的农业和农村发展问题，也是农业社会向现代社会转型中出现的问题。因此，回顾百年来我国农村建设发展的道路和不同模式，可以更清晰和科学地把握新农村建设的历史方向。

一种特定的发展战略和发展模式均有其特定的目标、内容和途径，并构成这种发展模式内在的特征和特点。

梁漱溟认为"欧化不必良，欧人不足法"，以孔孟为代表、以儒家为根本、以伦理为本位的中国文化"比西方文化要来得高妙"，"世界未来的文化就是中国文化复兴"。他强调要"救活旧农村"，中国人应当"认取自家精神，寻取自家的路走"，其乡村建设更像"是一场民族文化的复兴运动"。严格地说，以梁漱溟、晏阳初、黄炎培等知识分子主导的"乡村建设运动"只是20世纪初中国农村发展道路的一种主张，或一个流派。事实上，除"乡村建设运动"之外，国民党推行的"乡村复兴运动"及共产党进行的"乡村革命运动"则是针锋相对的两条发展道路。

从城市转向农村的中国共产党人在农村开展"乡村革命运动"。在他们看来，农民问题是中国革命的中心问题，而农民问题的核心是土地问题。中国乡村的衰败是旧的反动统治剥削和压迫的结果，只有打碎旧的反动统治，中国农民才能获得真正的解放。必须发动农民进行土地革命，消灭封建剥削制度，实现"耕者有其田"，才能解放农村生产力。为此，毛泽东及共产党人在农村动员、组织和领导农民进行乡村革命，在革命根据地大力推动土地改革。1928年底颁布的第一个土地法《井冈山土地法》中就规定"没收一切土地归苏维埃政府所有，以乡为单位，分配给农民共同耕种，禁止买卖"。与此同时，共产党一直把发展农民合作作为一项重要工作，通过合作社"将农民组织起来"。

足寒伤心，民寒伤国。民有所盼，官有所为。"衙斋卧听萧萧竹，疑是民间疾苦声。些小吾曹州县吏，一枝一叶总关情。"以百姓之心为心，从民出发，仓廪实而衣实足。这是为官一方的责任。

艰辛和烦恼

高党，还有更多的共产党员在！他们相信，在乡村振兴中的付出，必会在乡村振兴中得到回报。

高党，已站在乡村振兴的前列，扬起了启航之帆。

然而，任何一个奇迹的创造，都不能不历经千难万苦，不可能不经受肉体和情感的磨难。任何一朵花的绽放吐艳，不经历风雨，就不可能吐露出绚丽的色彩和芬芳。

站在高山之巅，回头一顾，来路崎岖，但一路风光无限。当初的汗水和艰辛，都化作一抹笑容。但回忆，又多了一层欣慰的涟漪。

高党人如今也有此种情怀。当他们走在新村的街道上，或坐在图书馆里，总有些百感交集。真是"世界潮流，浩浩荡荡，顺之则昌，逆之则亡"。

高党新村党支部副书记宋之武，便是其中之一。我在村图书馆里等村支部书记王万里，王万里在麦田里正忙着，还没有来。宋之武在村图书室的角落里，陪我闲话。一群孩子乱吵吵地撞进图书室，直奔儿童读物书架，在找书翻书。图书室是一分为二，一半是成人天地，一半是儿童乐园。管理图书室的是一位退休小学教师，叫宋以江，77岁了，曾任过高党村小学、夏场村小学校长。退休回家后，高党新村建立村图书室，请他出来管理。他二话不说接过来了。每天早早地来这里打扫卫生，整理图书。没有人来的时候，他就只一个人陪着一架一架的图书，以及电子读物，安安静静地等读书人来。宋老师管理图书，还要经常接待外地来参观的客人。村里镇里觉得他很辛苦，很负责，决定不能听他的一分钱也不要，每年给他安排了3 600元的补助。宋老师还是不要。村镇领导就劝他，说这是对你的一点心意，你还是要拿着。宋老师这才千恩万谢地接受下来。宋老师说，中秋和春节两大节日，他们还会给他送来二百或三百元的过节费，心里很温暖。

宋之武看孩子们来得太多，挥挥手说，你们先出去玩吧，下午再来看书。一群孩子伸伸舌头，摆摆脑袋，搂搂抱抱果然全走了，图书室一下又安静了下来。

宋之武今年47岁，身材壮实，着装朴素，脸黑却是正直憨厚相。他对我说，高党新村建成前，有两位村支书先后去世了。有人说他们是为了建小区累死的，这个不全对，但也不能说一点关系也没有。宋之领走时是2016年10月2日，宋永德走时是2016年元月，才57岁。虽说他们都是因病去世，但他们的病又是都在小区建设中才发现的。他们也都是因为身体原因无法挑起新区建设的重担，辞掉书记后不久，先后去世的。如果不是在新村建设中操劳过度，会诱发他们的疾病吗？一定不会！宋之武说完，就沉默地低下头了。看得出，他心里对去世的两位书记，怀着思念和尊敬，并深深地惋惜着。是应该为他们惋惜，他们都还那么年轻，高党新村的蓝图在他们手中变为现实，而现实来到之后，他们都撒手而去，连一分一秒也没有享受过。而小区的每一棵草，每一块砖，都有着他们深情的寄托，有着他们的心血和汗水。

宋之武是在1993年做的村计生专干，后来辞职不干了。不干的理由很简单，他说他的家庭经济条件，不足以支撑他的两个孩子上学。他要想办法挣钱，保证能缴得上孩子的学费。但针尖不能两头快，继续做村干部，就没有精力和时间去经营家庭经济收入。顾了家庭，对村里工作就无法全力以赴。要想改善自己的家庭经济面貌，就必须辞掉村干部的职务。两下权衡之后，深知一个人的精力是有限的，决定辞职跑运输。他不能因个人的利益而让集体的利益受损。然而，当新村建成之后，2016 年初，村两委迫切需要补充新鲜血液，当组织找到他后，他二话不说，重新担起肩上的责任，做了村副书记。这，就是一名村普通党员的情怀，他心里分得很清楚。他说，大女儿从江苏省技大毕业以后，在苏州一家会计师事务所找到了一份满意的工作。儿子在苏大毕业后，目前工作也很好。家庭负担减轻了，没有了。还有什么理由不为村里干点工作？

宋之武对我说，高党新村建成后，除了一户之外，所有的村民都住进了小区。那么这一户为什么至今还住在自己孤零零的老宅，没有住进小区呢？当中原因很复杂。一是当初对小区的前景没有看清；二是对搬迁赔款的期望值太高；三是故土难移，恋旧情怀。如果还有其他原因，那就是一人一个性格，一人一个脑袋。我问，什么时候这位村民能够重新融入新村左邻右舍中间呢？宋之武说，这个不好说了，小区的房子安排完了。就是他现在想通了，也还要等机会。唉，人啊，有时候就是一时想不通，有钱难买我愿意啊。

我和宋之武对话，觉得有两大困难。

其一是他的手机不断有电话进来。一会是村组干部打进来，问某事怎么办，一会是村民打进来，找他问某事给办好了没有，一会又有领导安排说马上有外地人来高党参观，准备一下，一会又说上级领导要到高党检查指导工作，党建有关事项落实好了没有？往往一句话刚和他讲了上半句，下半句我要等几分钟十几分钟才能接上去。我问他，自从他第二次进入村两委班子，做了哪些令他忘不掉的事，他说他最为紧张的时期，是新村外围拆迁的时候，连白天加黑夜地做工作，一口气干了五个多月。但要说具体的，他又说不出来了。只说有一家做不通工作的拆迁户，交给他了。这户人家去北京上访，他去北京接人。在招待所里，他和这位拆迁户同住一个房间，怕他再跑没影了找不到。做了一天一夜工作，好不容易做通一点了，就趁热打铁，把他带回了高党。回来后，又因为搬迁，双方发生争执，两个人不但动了口，还动了手。直到整体搬迁快结束了，才做好这户人家的工作。为了满足这户人家提出的各种各样理由，包括架电线、找简易板房，都是他亲自去弄好的，简直就是这家人的干儿子。宋之武说，有一家拆迁户不愿意搬迁进小区，问他原因，他说他宅基地面积大，给算少了。宋之武说你把宅基证拿出来。他又说丢了。宋之武说丢了不怕，我给你丈量证明实际上是多少。这户人家搬迁后，又找到宋之武，说我原先两处房子，只要了一处。我老宅子一处一亩多，我少要了一处，怎么才补我四分地？宋之武说，新区一处房子，就占四分地。你少要一处，就只能再补你四分地。这户人家不同意说你证明过了，我老宅有一亩多！宋之武说我是证明你老宅基有一亩多，但现在补给你的是统一规定。都补你原先那么多地，还建什么集中居住区？又不可能为你专门制定政策！这户人家就张口骂他。宋之武心里也会不平衡，但他不能和他对骂，他是村里的党员干部！

我问他在村里具体负责什么工作，他说是纪检监察员，村环境治理提升、电商平台、村民门面房、商业一条街打造以及高二组，找到他的所有的事他都得问。于是我说，除了这些，其他事你可以不问不干啊。他马上说这怎么行！找到你了就得问，不问不行，没有分得那么清楚。村民流转给村里合作社的几百亩猕猴桃园栽植任务，就是交给我带领村民去干的，干有十几天了，估计快结束了。我不问行吗？

　　知道他的人都知道，他每天清早起床，把自家的事处理完，就去村部。他还保留着一辆自卸车，要安排好当天的活路。然后就把自己这一天都交给村部了。他有一辆小车，经常被村里抓官差，我也坐过多回。问他一年得烧多少油，他只笑不说，意思是这个还能提吗？

并非乡间"段子"

忧谗畏讥，去国还乡，肯定满目怅然。不以物喜，不以己悲，居庙堂忧民，处江湖忧君，进不忧，退不忧，肯定是快乐的。有举旗前行的人，也必有倾心追随者。王行威便是其中之一。

王行威在高党新村创建中，制造了自己的三个前所未有的"笑话"，用时髦的话叫"段子"。

"段子"之一，他从1978年开始当生产队长，到现在还是个小组长，在这个位置上，不升不降竟然干了40年？没有坚忍的毅力，恐怕是干不了的。

"段子"之二，他干了40年的村组干部，却仍是个非党同志。

"段子"之三，他在高党村启动拆迁中，居然"动手"打了自己的弟媳妇，把弟媳妇打进了县医院，赔了一万多元的医药费。

真是前无古人，后无来者——在高党村！

呵呵！说王行威是个耿直的人，这个真的是。他中等个子，不胖不瘦。头发不是花白，而是几乎全白。面色红润，淳朴含笑。完全不像一个发起火可以和弟媳妇干仗的人。

在农村，当哥的同弟媳妇骂架打仗，本来就是个笑话，而且把弟媳妇打住院了，还赔了钱，这就更是一个笑话。现在有人当面向王行威说这些事时，带有明显的逗弄他的意味，他竟然不好意思一笑了之，一句话也不接。他怎么接啊？

今年63岁的王行威，当初从八一中学毕业后，就被时任村书记宋以传相中了，认为这个小伙子不错，有正义感，能为百姓干点事。就让他当了生产队长。但他认死理，脑子不转弯，村支书重用了他，他有时还和村书记产生争执。王行威现在回忆说，书记说书记的理，而我说我的理，一共发生过三次。当然，最终还是书记的理占了上风。事不过三，从此他不再与书记争执了。

王行威年轻时一共上了三次大的河工，就是地方水利工程，水利年年有的，不在三九在四九，叫扒河。一提到扒河，当时没有人不害怕的，太艰苦。王行威带队上的河工，一次是徐洪河，一次是京杭大运河宿洋山工程，一次是庆安水库护坡工程。扒徐洪河时，一天两顿白芋饭，晚上可以吃一顿面条。他自己耳朵也冻破了，手脚也冻肿了，但他带的工程从未落后。

扒宿洋山工程时，民工饿跑了，工程还未完成。工程总指挥特批给他10袋面粉，让他带人再坚持干一星期，终于顺利实现了工程验收。那时，河道里淤泥有70公分厚，下面是砂浆层。他抽调20个年轻力壮的民工，买10双靴子，分为两班轮换，双脚一上来冻得通红。有一次正在吃饭，爆破落下来的砂浆石，直直地砸在饭桌上，直接把桌子击穿了。如果砸在谁的头上，脑浆还不砸出来吗？

在水库护坡时，用木独轮车推土，滑轮拉绳，一旦绳子断了，人车就会从高处栽下来，栽个腿断胳膊折是常事。有人说王行威是拿命跟共产党干的。

王行威本来有个很好的人生机会，可他失去了。他姐姐在西安，姐夫的哥哥在铜川某一个矿上当矿长，姐姐来信让他到矿上去工作。父亲问他去不去。他说去。但是老书记宋以传知道了说，你在家有事干，好几百口人交给你带，还不够你干的吗？结果，王行威这个原本可以去矿上当工人——也许后来是工人干部，就没有去成。那个时候，在生产队干活，一个大男劳力，一天挣 10 分，年终分配时，只拿一二毛钱。

不久，实行土地联产计酬了。交完集体的，剩下的是自己的。老百姓积极性一下上来了。

接着实行大包干了。他的生产队带头试点。种地不要人管，干活不要人问。各种各的地，各顾各的家。省心。

王行威谈恋爱了，但老人不同意。老人不同意没有用，他自己愿意。

他觉得大包干分地分生产资料，把集体分得干干净净，什么也没有了，不忍心。他坚持生产队集体留下三五亩地不分，五六十元一亩包给他人种，解决生产队平时集体开支。老百姓除了上交提留，所剩不多。集体没有收入，大小事都干不成。

王行威超生了，要罚款，家里养三头猪，最大的一头被牵去交罚款了。他说还好，没有达到上吊不夺绳，喝药不夺瓶的程度，还没有把他丈母娘逮去关起来，他很庆幸了！毕竟，还给他留下了两头长得小一点的猪。

高党新村建设启动了。全村人都知道了。他王行威当然知道得更早。他说，县委书记、镇委书记都上俺村来了，我能不知道吗？宋之领书记召开全村党员干部会议，说这件事事关高党村子孙后代，高党村必须接下来干好。镇里陈楚书记马上要来见大家，他会给大家讲得更清楚更明白。

语音刚落，陈楚说来就来了。还带来了苹果、葡萄、橘子和香烟，按王行威的话说，酸甜苦辣都来了。

怎么讲？

他说吃了苹果，想法是甜的。吃了葡萄，拆了人老几辈子住的老屋，心里是酸的。遇到矛盾肯定会出现斗争，像吃橘子，是苦的。受了闷气，还得解决问题，得抽烟，烟，辣嗓子。

简单地说，建新村是甜的，拆迁是酸的，打仗是苦的，惹气是辣的。

陈楚听了也笑了，说既然都来了，就是有准备的。后天，我们就要正式上战场了，工作队要进村组了。项目区内，要首先完成拆迁，为下一步工作开好头，铺好路。

王行威和大家还有什么话可说！这是上级领导对他们的信任，也是自己肩上应有的责任。更何况，这建的是全县第一个农民集中居住的新农村！

拆迁从第一家开始。第一家住在路边。但家主不在家，只有老父亲在家。老人不让动手。王行威说，你还要什么说法？老人又说不出，就是阻止不让扒。这时户主回来了，赤着背，穿着裤头，蹿上了房顶，开口骂人不让扒。他父亲有肺炎，躺在门口，一动不动。镇村立即组织人员把老人送往姚集卫生院。这时，围观的人已经有了五六百人了，拆迁第一家，开的第一炮，如何进行下去？何况房子上的人还在高喊，要扒，先扒王行威的！

双方骑虎难下。村组干部在镇工作组的指导下，召开了现场讨论会，寻找突破方法。大家把目光投向王行威。你是小组长，你的家在这户旁边，人家在向你示威了。

怎么样，早扒晚扒，都得要扒。

领导语重心长地说：你一定要带头做好工作，给拆迁开条好道！

王行威当初，全家人挤在两间茅草房里，后来，孩子大了，房子不够住，村里当时也没有闲置的宅基地，就把路边的一处废弃汪塘批给了他。他和妻子用独轮车，从半里路远的废黄河里挖土，一车一车推回来，愣是把一个废弃的汪塘给填平了。推土的时候，先用铁锨将土块挖下来，放在独轮车上的一个圆形柳条筐里。装满后，妻子在独轮车前面的横木上栓了一根粗绳，搭在肩上，在前面拉。他在后面推，会轻松一些。等到汪塘填平的时候，王行威记不清手上磨出了多少血泡，妻子的肩上磨肿了多少回。

汪塘填平之后，要经过浇水、打夯、反复数次，地基才会结实。打夯可不是个简单的活。一块大得出奇的圆形压场石，腰圆膀粗的几个大男人围成一圈，用绳子把石头五花大绑之后，上面打几个扣眼，把几根圆木杠从扣眼里穿过去，众人齐声喊着号子抬起来，落下去；再喊着号子抬起来，落下去。"盖新房啊！好！加油干啊！好！"把盖房的地方砸了几遍，砸结实了之后，在上面盖起了两处砖木结构的瓦房。自己和家人住三间，另外三间给儿子结婚用。

现在要带头先扒掉，王行威作为小组长，一个大男子汉还好说，他妻子会像他那么想吗？会很快同意吗？何况那可是拉了2万多元的账盖成的一个家，一个新家。

屋里还有3 000多斤水稻，2 000多斤玉米，以及所有的生活用品。

王行威再一次做妻子的思想工作。

这个面子你得给，不愿意也不行。

不给，凭什么就得先扒我的？

今天不扒，明天也得扒，大趋势，胳膊能扭得过大腿？

扒了怎么住？你个炮冲的！妻子哭了。

搭棚。

才住两年，连账都还没有还清。

王行威不再同妻子说了，进屋里裹被子，收拾东西。他一个爷们，不啰嗦！妻子跟进来不让。镇里工作组的人也进来了。妻子一看来了这么多人，就开口骂起人来。

村书记宋之领也过来了，对王行威说，你负责做你媳妇工作，屋里这些事由我们来做。

旁边围观的人，有的人开始说话了，有煽风点火的味道。

王行威真是蒲种，住的这么好，带头扒了！

骂也不行，哭也不行，该扒还得扒，来硬的了！

挖掘机开过来了，有的人在拦路，不让过来，宋之领立即前去阻止。

围观的人中，有许多是外村人，他们在这时，无来由地对王行威表示同情。火上浇油，怕事闹小了。

王行威姐姐说，你怎么能带这个头？听听，多少人在骂你。

王行威说，随他骂吧，还有人在背后骂的呢。

王行威哥哥说，这个头你不能带！王行威回答说，哥，我必须带。哥说，能给你什么好处？你花这么些钱，刚盖成个家，用不了半小时，完了。王行威说十分钟扒完，也得扒，这个头我不能不带。

下午一点钟，王行威房子拆完了。

房子拆后，粮食、家具、衣物全都摆放在露天里，一家人连个落脚的地方也没有。王行威四处寻找房子，最后在学校找到了两间年久失修的房子，先搬进去再说吧。简单打扫一下，就算有了容身之处。谁知一到下雨时，屋外下大雨，屋内下小雨。只好在漏雨的地方放了几个塑料盆，雨水顺着屋顶的木棒滴在盆里，发出啪嗒啪嗒的声音，仿佛是一声声叹息。原本就拥挤潮湿的两间小屋更显得凌乱不堪了。拆迁工作刚刚开始，还不知道什么时候才能住上新房子，不能总这样下雨天用盆接水吧。天一放晴，王行威赶紧买了一些瓦，把漏雨的地方修好了。

高党村第一个拆迁户打开以后，就得乘胜前进，下午，第二家拆的就是王万里的家。王万里的父母开个小店，店里是满满的商品，他母亲就骂他，骂得很难听，说这就是你当村干部赚的？王万里说，俺家里有两个党员，凭什么不先扒？

他父亲说，你当党员给我们带来什么好处了？说完把门锁上，准备走人了。

大家半真半假地围上来，喊叔的喊大爷的，喊他什么都有，一律比平时喊得亲，喊得甜。就这么半真半假，把老头挂在腰上的钥匙给拿了下来。老人家直喊，我那被子底下还有钱。大家掀起来一看，还是真的，大票子小票子都有。大家连生加熟，就把王万里的房子给扒了。

接下来，第三家第四家，第五家第六家。开拆第一天，一共拆迁了16家，仅动用了一台挖掘机。第二天，就动用两台。

在拆迁期间，总会有意想不到的事情发生。一户周姓人家住的是楼房，儿子刚结婚不久。婚前，儿子没少花费钱和力气，把婚房布置得漂漂亮亮的。听说村里要拆他家的楼房，加上对房屋拆迁赔偿款不满意，儿子扬言道，要拆我家的楼房，除非先死个把人。

挖掘机开到周家门口的时候，周的儿子开着小车去买来了50斤汽油，两瓶酒，和一些下酒的菜。把汽油分装在4个白色塑料桶里，穿着一身睡衣，提着汽油、白酒就上了自家的楼顶。他还把通往楼顶的门给锁上了。他家被村民围了个水泄不通。有看热闹的，有替周家儿子担心的，也有替拆迁人员和村干部捏一把汗的，大家都在等待事态的发展。只要周家的房子不拆，拆迁工作就没有办法继续下去。只要周家的儿子一怒之下点燃汽油，大火就会立刻蔓延，不但极有可能造成人员伤亡，也会给拆迁工作增加更大的难度。镇里非常重视这件事情，派出所的车来了，消防车来了，急救车也来了。

王行威找来了周家的至亲好友，希望能够说服他不要胡闹，可是一点效果也没有。村主任王万里就和王行威商量，由王万里上楼将周的儿子引下来，带离有汽油的地方。王行威搬来两个梯子，一个梯子让王万里和周的儿子下来，另一个梯子由王行威从后墙上去，负责用绳子把汽油桶续下来……

当然，像周家这样的"钉子户"可不是一家两家，在王行威的组里就有好几户。王行威一遍又一遍，风雨无阻，不分昼夜地去做思想工作，给他们讲政策的好处。村民知道王行威是个诚实人，不说谎话，再说，人家都带头把房子拆了，也就一个看一个答应了。组里谁家拆房子的时候，王行威必到。帮着抬粮食、家具，搬桌子、椅子等，还要保证群众安全。拆之前，他都要围着房子看上一圈，确保周围没有群众，没有牲畜和家禽。有五户家庭条件比较困难的村民一时找不到住房，王行威在学校里帮他们找了几间空房，帮着打扫屋子，搬东西，把他们的事情当作自己的事情来做，从不说一句怨言。

王行威的组拆迁工作最先顺利完成。王行威天天半夜三更回到家，累得饭也不想吃，也懒得洗去身上的尘土和汗水，倒在床上就呼呼大睡。妻子看了心疼地又是埋怨又是抹眼泪，叫他干脆别干组长了，拿不了几个钱不说，还得被人家明里暗里地骂，倒不如做个平头百姓，省了不少的心。王行威告诉妻子，在这个节骨眼上，自己不干，人家更会骂我！就是村里不给一分钱，他也要干下去。再说，挨累的何止我一个，村里的大大小小的干部，包括镇里的县里的领导，在拆迁期间，有谁能安安稳稳地睡上一觉呢？

现在该来说说王行威和他弟媳妇在拆迁时闹的"段子"了。

王行威的弟媳妇早就知道王行威会来扒她的屋，所以，每当王行威从门前走过，她就指鸡骂狗，听到的人都知道，她是在骂王行威。

骂也不行，屋还得照样扒。

王行威把她父亲找来做工作，把她亲戚找来做工作，连续做了四天，没有做通。

这一天，王行威和弟媳妇的亲戚，在她弟媳妇家做工作，中午留在她家里吃饭，方便说话，王行威说，你可要想好了，想通了要扒，想不通也得扒。他说的是实情，但这话一出口，就惹恼了弟媳妇，她骂道：你找来七大姑八大姨，算计扒我屋。吃我的，喝我的，还算计我。你明天敢来扒我屋，我就敢拿刀砍你！

第二天，真的来拆迁了。王行威弟媳妇看来了几十口人，有点怯了，但嘴上仍是很强硬。

王行威说，昨天跟你谈过了，你还有什么想法？我和你再商量。

我要两间屋盛东西。

好，我给你找。

赔的钱少了。

这个我当不了家，全村一样的，又不是你一家。

我这是才盖一年的新屋。

才盖一天的也一样。

两间东屋的木棒都给我。

行，这个我答应给你。

当所有东西都拆了堆在地上时，这位弟媳妇又哭开了。王行威只好找来七八个人，帮她把东西安置摆放好，架上电线装上门窗，这才安顿下来。

王行威另一位弟媳妇就不是这样了，她见王行威带人来了，锁上门，拿着钥匙上楼了。她站在楼上，看王行威怎么扒她的屋。

王行威说，你得下来，协议你签了，条件你认了，你别说锁门，你围铁丝网拴只老虎也没有用。你就是喝药死了，该怎么办还怎么办！

王行威弟媳妇破口就骂。被骂急了的王行威再也忍不住了，开始和弟媳妇对骂。他弟媳妇手举一把菜刀，就朝王行威砍去。王行威迎着这把菜刀，一把抓住弟媳妇的手，想把菜刀夺下来，在激烈的夺刀中，刀背碰到了弟媳妇的额头，顿时流出血来。这还了得，弟媳妇就哭喊：王行威杀人了！

王行威弟媳妇被送进县医院住院去了。

拆迁仍在进行中。王行威说，花多少钱，我赔！

这就是王行威在拆迁过程中"打"她弟媳妇的故事。现在，成了高党的一个众人皆知的"段子"。

王行威给人们的启示是，干任何工作，如果意志上不坚定，听到风就是雨，瞻前顾后，前怕狼，后怕虎，必然导致畏缩不前，杂念丛生，干事的念头就会消失。但只要主义坚定，就会目标明确，心静如水，不管是风急风缓，都可以充满自信地走在前行的大道上。

在高党新村里

管超组长

与王行威行事不同的管超，则是另一种风格。

管超的激情有多超？那是一团火花在燃烧，在高党最繁忙的日子里，因为流汗太多，他一天喝下了 10 大瓶矿泉水来补充水分，是边走边喝那种喝法。

他有多沉静？一位近乎无理取闹的村民在后面追着他骂，特种兵出身的他，既不还手，亦不还口。按说，要打，一拳可以打他个满地找牙！

他说，他是来高党工作的，他是镇派驻高党工作组组长，要站在党和群众的立场上考虑问题，而不是凭意气行事。有时候的"沉静"不是纵容，而是为了等待更好的机会化解矛盾。有时候蓬勃的激情，是为了点燃内心的信念，让更多的人能够感染到那一份热度。这是我们乡村振兴对党员干部的使命要求。

作为姚集镇计生办主任，相比于其他同志管超到高党的时间较晚。2017 年 2 月，镇里安排他到高党包队，主要任务是治理散乱污，清理搬迁中遗留的问题。

高党，管超并不陌生，无论是小时候，还是长大了参加工作之后，都曾来过。他熟悉的是它的过去，陌生的反而是它的现在。现在，说它不是高党村吧，但高党人熟悉的面孔，分明都是曾经。说它是高党吧，已经发生巨变，这里是一片崭新的田园，过去的旧貌已不见踪迹。新生事物与残存的陋习相互交错，这对管超提出了一个新的课题。

群众入住新村之后，还遗留下180多间临时板棚，需要尽快清理。其中，40%是家庭有些"背景"的，有40%是堆放杂物留恋旧情的。余下的是空房子，各有各的理由，有的提出的要求，甚至比当初旧村拆迁还要令人无可奈何，哭笑不得！气不得，恨不得，躲不得。一接触简直无所适从。是放弃努力妥协屈从压力，还是主动上前完成任务？管超当然选择了后者。

管超看到，需要强制性入轨的只是少数。站在群众的利益上，站在大局上，承受痛苦和压力，承受误解或委屈，都是暂时的。相信会取得成功，相信会得到肯定。

村民说，我的旧东西无法存放，只好堆在那里。管超说这些不用的东西，就是废品，就是垃圾。要不你交给我，我出钱买来处理。村民说卖给你也行，你出多少钱？管超说你要多少钱？对方一出口，管超就知道，这价格比正常的要高出一倍。但管超一咬牙，接受了。买下之后，又以低于原价的一半再卖给收废品的人。管超说，我虽赔了钱，但工作得到了顺利开展，矛盾没有了。

3个月时间，管超完成了上级领导交给他的任务。这个时候，他被抽调到另外一个村，还是去帮助做好群众的拆迁工作。

8月份，他又被重新安排回高党包队。任务是提档升级，打造好商业一条街，做好环境美化，挖掘传统手工艺，扶持民宿、餐饮等服务业发展，先解决从无到有，再进行提档升级。

管超就是在这个时候被无理纠缠的人追打的。管超带人在花园里种草栽花，在地上培起一个小土包，这是美化环境的需要。然而，突然有人指着管超说，你什么意思？冲着我家门口，你堆起一座坟，这不是成心咒我们家不得好死吗？管超耐心解释，可是，没用，人家反而气焰越来越高，不仅出口骂人，还拾起一块砖头，准备打人。管超开始躲避，这拿砖的村民就追他，不依不饶，好在被其他村民拦下了。事态终于没有朝极坏的方向发展。但这一幕，被大家看到了，纷纷指责无理纠缠人的不是，花园建好了，不是全村人的福分吗？一个小土堆就是一个小土堆，怎么会成坟墓？

想要保证工作进度，就要保证工作时间。往往是早六点管超就来到了高党，晚上八九点钟才回去。他的小女儿满月了，媳妇的娘家亲人前来祝贺，祝福孩子健康成长。他本该回去陪一杯满月的喜酒。但是，当他晚上九点多到家时，媳妇的娘家亲戚早走得一个不剩。他只好苦笑。他无法解释，又向谁解释？可解释的只有自己对自己。谁叫我是党员，是乡村振兴中镇里下派的一名党的工作人员。家庭的个人的必须服从组织的群众的。在与群众面对面工作中，他必须迈开步子，放下架子，留下影子！在部队当特种兵时，他的理念是只管赢，不管输。而现在同样是，只管赢，不管输。姓管就要管好，不管好就不姓管了。难怪村里人说他，从来没见过他消停过，走路都是带小跑的。

是的，不跑不行。村民房子要维修，他要跑着去问。

村里环境一草一木，缺了他要跑着去带人补上。

产业要调整，他要一点一点地跑着去落实。

外地来人参观考察，他要介绍高党振兴经验，宣传高党路径，他要热情地跑着去尽心！

为群众服务，为善良人服务。他从群众的身上，看到了党员干部的作风收到了实效。群众从党员干部身上，体会到了党和政府的关怀和温暖。他说，他的工作才刚刚开始，振兴的长征才刚刚启程。他想的是帮助农民把腰包尽快鼓起来，让产业的项目尽快落地开花结果，让农民尽快成为职业农民，把他们的双手彻底解放出来，在土地之外创造新的财富。

但是，任重道远，实际情况远比想象的要复杂。几千年几百年在乡村里积存的各种精神层面的灰尘，清除起来并非是一朝一夕就可以完成的。所有的蓝图，都在提醒着管超，往往巨大的成功，都是起于把每一件微不足道的小事做好。所以，他必须从细微处入手，从细微处给予足够的重视。他要的不是个人名利，他要的是实实在在的行动。名利存在着虚伪和虚弱，而实干充满了自信和从容。

周亚主任

看到管超的身影，也总是会看到周亚的身影。

高党新村村委会主任叫周亚。周亚说，周姓在高党村是大户，人口最多。一个村子里大姓人家当村组干部，这并不奇怪，毕竟，都是一家一户在村里住着，有着管理的优势，有着话语权的基础。家族大，也不都是负面的，有很多是正面的。所以，周亚又说，人势再大，不秉公办事，也寸步难行。他明显地避开了乡村中常见的被人诟病的家族势力嫌疑。他并不是为一家一族服务的。

周亚，干过村民兵营长、治保主任、计生专干、村委会副主任，现在去副为正，做村主任。从 1994 年开始，到今天作为村干部的他，在这块土地上打拼了 20 多年，算是老资格了。他说他干到村主任，已经十分满足了，要感谢各级领导对他的培养支持和全村人对他的信任和理解。

周亚说得很实在，绝非是什么套话。他长相朴实，说话真实，做事依实据实。他说不实也不行，他就是靠自己的实在，才一步一步走到今天的。如果他说话做事不实在，高党有这么多人，为什么要选他当村主任？他的成功经验，就是上级安排他什么事情，他就干好什么事情。老百姓要求他做什么事情，他就老老实实地做什么事情。行就行，不行就是不行。不行的事，谁也不行。好干事，干好事，干成事，不出事。

周亚对我说，我们现在的干部，干不成事，群众知道。有吃有喝不理你，遇到事情就找你，干得好找你，干不好就告你。所以，你必须干好，只能干好。这当干部的也真不容易，起五更，睡半夜，万一干不好，名声就弄丢了。一个村子里住着几千口人，各人各有心性脾气，有时为了一件事，得说多少话跑多少路才能拿下来？面对面地开展工作，就得了解每个人的心性脾气。有吃硬不吃软的，有吃软不吃硬的，你得对症下药，什么锁就用什么钥匙去开才行。如果连自己也弄不通，事情干成干不成自己都不知道，那就真的没有用了。

记得在拆迁时，为了做好本族里的一户人家工作，我在古邳街上请他一家人吃饭，吃完饭，又带他去洗澡，协议写好了，他交给了他哥，人找不到了，跑了躲起来了。我倒贴了几百元吃饭洗澡的钱。但拆迁还得进行下去，尽管受到了各种威胁和谩骂，村里还是把难啃的骨头给啃下来了。执行上级的决定是必须的，遇到胡搅蛮缠的人，你当个软柿子他就捏。所以，宋之领书记干时，有十个村干部，他说这十个指头要形成个拳头。宋永德干书记时，还有九个村干部，他说要九牛爬坡，个个使劲。我们是一家人不说两家话，该出力时一起出，该打拼时一块拼。村两委就是凭这种精神，建设新高党的。

周亚说有些人就是只往篮子里抓，不看秤，不占点便宜不甘心。稍不满意，就以各种无理理由，去上访。在高党新村建设过程中，我自己就先后好几次去北京接上访村民，接回来一次，第二次又去了。那种鞭子抽也抽不动的人，怎么干得了这些事？但，实实在在在干事，就是一个人最好的结局。

有干好工作的心还不行，还得自身有正气。不怯不懒不孬，自己嘴秃了是服不了群众的。至于在工作中被领导批评，是常事。每天有事，每天干事，能没有失误吗？不干事没有失误。同样的事，同样的工作，不同的人，用不同的脑子，就有不同的效果，不同的结局。各级领导来高党，就是想为高党办事的，为高党老百姓服务的。我们应该紧紧跟上，对人和事，绝对不可以看走眼，不可以不凭良心。高党建好了，振兴了，领导又拿不走，还不都是高党子子孙孙的？至于我个人，金砖可厚，玉瓦可薄，任他们怎么评论都行。我就是认定，邪不压正，凡是邪魔鬼祟的，结果没有一个干成的。我是属于那种齐嘴头的人，讨巧的东西吃不到。

说到了这一点，他又回过头去说他在拆迁中的事。他说，有一户签好了协议要拆迁的，结果人去了，情况都变了。哥哥躲开了，弟弟不让扒！周亚就私下里打听为什么变故了？村民告诉他说，这兄弟俩，哥哥欠人钱，答应用拆房子赔偿款还账，听说今天拆迁了，来了十几口人要账。他弟弟和他商量好了点子，做给人看的，不让拆。只见弟弟站在房顶说，我哥欠我钱不还，用房子抵账，这房子是属于我的，我看谁敢拆？还真没有人敢动。我对来要账的人说，你们看看，马上就要出人命的。他要是被逼出个好歹，你这十几个人，谁也少不了干系，还不快走了事？要账的人一看房上的人要玩命，房下的人哭哭啼啼，吵吵骂骂，这阵势真要出事，谁也不想沾上，纷纷骑车扭头就走了。这边人一走，我就和村干部一起再做工作，把当弟弟的劝下来，安慰他许多好话，才把这房子拆了。不了解背后这个情况，就不好处理，真出了事，影响就大了。

何况，镇领导坐镇在村里，等着我们的进展情况。等到夜里十二点，所有的事处理好了，镇领导才回去。我就想，孬蛋的人终归是心虚的，不到万不得已，没有人真的不要脸。

新房建成分配时，镇党委书记陈楚在高党熬了三天三夜，就为了做好分房的工作，都要好房，地势好，环境好，你要好的，孬的给谁？分房要出了问题，党委书记能放心吗？后来，按自然排序，划好框，一框一框地分。按交钱先后，按拆迁先后，一户一户地分。分出和谐，分出秩序，分出了乡亲乡情。当然，所有的事情都不可能做得尽善尽美。但只要努力去做，总会有最好的结果，那些遗留的问题，总会有一个妥善的办法解决。

团长周发财

周发财和周亚不一样。每天清晨，或者说从清晨到傍晚，在高党新村里最常见到的身影，是物业管理和保安人员。50岁的周发财，戴着一副眼镜，穿着一身保安制服，就是他们的头头，或者说是领导。

周发财的名字一点也不洋气，带有浓重的乡土味道。他是村计生专干、物业管理主任、第二生产小组组长，另外一个头衔，竟然和文艺挂上了钩，是高党新村文艺演出团的团长。这个职务在他所有职务里，最有文艺气，最接地气，也最与众不同。

过去在村里，计划生育工作是天下第一难事。现在呢，虽说不难了，但也还有点复杂。过去是不让你生二胎，现在是鼓励你生二胎，也有不愿意生二胎的，那么就要把独生子女的政策落实到位。这些天下第一难的事，现在在高党村，在他身上，让位给保洁了。刚一搬进新村，村民们对周边的环境还不习惯，他们习惯于过去的生活方式。什么破东烂西的也舍不得扔，自己的门前，想怎么摆放就怎么摆放，自行车、三轮车、小童车想放哪儿就放哪儿。用过的东西，垃圾随手一丢。这一切不良习惯，如今在新村里行不通了，要保持美丽乡村的整洁，要清除不文明行为，长期形成的农村脏乱散的卫生环境，再也不允许在新村里出现。但一管起来，谈何容易！物业到村民们门口，按要求统一管理，对不文明的行为予以制止、纠正，轻则招来奚落，重则动口动手。用周发财的话说，是全村整个的不理解。别说他人，他自己干的也不理解。我为什么非要干这个事，干什么事不好呢？其间，在不到一年的时间里，他撂了两次挑子，不干了。不干就换人。第一次换的人，仅干了一天，第二天说什么也不领差了。再换另外一个人，连一天都还没坚持到头，就坚决不干了。组织上只好再做他的工作，要求他把这副担子重新挑起来！周发财说，出了事是上级领导先处理我们，发生冲突先说我们的不是，这还叫人怎么干？是的，因为物业管理时常同村民发生冲突，一报警，公安来了，把物业的人和村民一同带走了。后来，村民被放出来了，物业的人还在里面关着。周发财就不服，两头受气！你不知道，那些恶意找事的村民，故意不执行物业的统一规定，房子是我买的，门口的地盘是我的，我不按你说的弄，你又能怎么我？你强行把他的柴草垛子拆了，冲突马上就会发生……在刚开始时，在高党村干物业，真是把软硬刁憨精什么招都使出来了。经过一年整理，好些了。后来在县城管局的帮助支持下经过两年的努力，95％的村民都已经接受了，习惯了，自觉了，才有了今天高党新村的新环境啊，才有各地前来参观考察人的交口赞誉。这是对高党人的赞誉，高党人的素质明显提高了。

周发财此言不虚，现在在高党，你再也看不到曾经脏乱差的环境了。现在眼前的，是草绿花红的村庄。每一条街道，都整洁得如水洗一般，洒水车也真的天天在村里洒水，有时候，你可以看见党支部副书记宋之武亲自开着洒水车。他在前面开车洒水，后面有十几个保洁的村民，挥舞着大扫帚在扫街，把污水向下水道里赶。

他们的劳动也的确不易。修理花木、扫街、清除垃圾加在一起统共不足 20 个人。平时上边垃圾车来了，垃圾多了，一次根本拉不完，怎么办，就得自己弄小车拉出去。逢年过节，垃圾车来不了，从大年三十开始，就得自己拉。生活垃圾，装修垃圾，什么都有，也不分开，有的人不注意，都倒在垃圾桶外头了。垃圾桶又重，抬不动，就得倒在地上，一锨一锨往车上装。早五点上班，八点前要保洁结束，晚上六点多才能收工，有时加班就得干到夜里十一二点，干不完就得找人帮忙干。秋收时，有个别人故意把玉米、花生、大豆堆在道路上晒。没有办法，保洁的人连续清理了几夜，才算基本清理完。周发财说，就是现在，我也不想领这件差事。我家有个木板厂，我一天到晚没有时间去，都在村子里转，只好交给儿子打理了。我们村干部，村主任拿村书记的 90％工资，村会计拿村主任的 90％工资，村副职拿村会计的 90％工资，如果一家人靠这点工资，一年几千块钱，管什么用？所以，家里木板厂还得好好地干。

在高党村文艺演出团团员叶玉梅的茶社里，周发财一说到村文艺演出团，就藏不住一脸的高兴。周发财说我的这个艺术团是自发成立的。一开始大家只是跳跳广场舞。后来，上级领导建议，你们干脆成立一个村民文艺表演艺术团吧。这么一说，大家都说好，就成立了。我又是个爱好凑热闹的人，就交给我负责了，当上了团长。自编自导自演自娱自乐，乐队是本村的人，团员是本村的人，节目有快板、小品、三句半、歌曲、戏曲、花挑、旱船、高党大鼓、数来宝，都是群众喜闻乐见的。每逢重大节日、活动，我们在村里演，在房湾湿地演，在县体育馆里演，还在天虹纺织公司演过，在县团代会演过。我们原来什么也不会，边学边演。有的角色没有人演了，我就顶上去，演过媒婆，也演过新郎官。

在村里举行过纳凉晚会、中秋晚会、春节联欢会。最大的团员60多岁，最小的团员才3岁多。团员没有工资，演出没有补助。艺术团没有经费，我们就请上边支持。这时，叶玉梅说，你既是我们团长，也是我们导演，还是我们舞台监督、后勤部长，总之，你什么都得干，还得受我们女团员欺负。周发财听了就呵呵地笑，说我什么都得干，挣钱不多，干活不少。在物业，得去扒下水道，在计生，得帮人领证，在艺术团，得受他们"围攻"。有时演出，我连一顿饭钱也掏不出啊。我就向书记要，说我不能光推磨，你不给草料吃！我能受，别人也能受吗？娘子军不好带啊。我如果说不带了，又会说我不对了。别看平时又说又唱又蹦又跳的，受难为时背着人想掉眼泪。周发财说着说着又笑了。

哎，村子里许多事，现在还是讲老亲世谊，讲面子的，是面子文化。所以，为了面子，不能受了气不干，不能吃了亏不干，这份面子，就是为了高党村的老百姓的美好生活。

别人以为周发财戴眼镜是个知识分子，其实他从小就是个远视眼，上小学时自己也不懂，黑板上的字看不清，试卷上的字看不清，四年小学没上完，就不再上了。尽管老师一讲他就会，但就是眼睛不管用。长大了，才知道自己是远视眼，这才配上了眼镜。

周发财这大半生，干过的事太多，开过手扶拖拉机、联合收割机，砍过木锨杆，挖过树，还干过建筑队。只干在人前，不干在人后。在兄弟姐妹中排行老八，是老小。父母不在了，逢年过节，姊妹回来家团聚，他就是东道主。他也乐得这一份幸福。他说，现在回到高党，可不是以前那个样子啊。没有一个不夸赞家乡变化的。这里，也有我的一份功劳和奉献呢！

村里来了城管队员

"静则思，思则变，变则通，通则达。"

周发财心里可能清楚，然而一般村民心里并不一定都清楚，他们发现，村里突然来了城管队员。城管管城里的事，怎么到俺乡下来了？这是哪阵风把他们刮来了？

"当然村民们不知道，这是他们姚集镇党委第一书记、县委组织部部长张晨特意邀请我们来的。张晨邀请我们队员来高党，不是来参观，目的很纯粹，帮助整治环境，尽快提档升级。乡村的管理也需要像城市那样的高水平。"王伟蔚说。

带领这些英俊年轻城管队员的，就是干净利落大方稳重的王伟蔚！大家喊她王局，真实身份是县城管局局长助理。

1972 年出生的王局，是在武装部大院里长大的。老家在沙集，刚满月时，就随父亲来到江都武装部，在那里长到 7 岁时，才回到老家上小学，上初中，直到电大毕业。她虽然没当过兵，但她生长在兵营的摇篮里，她身上具有军人的气质，也是顺理成章的事了。

军人的气质、军人的作风是什么？是说到做到，一切服从命令听指挥。顽强能战斗，战必胜，行必果。以前，她当过城管局普通一兵，后来在公推公选中做过局妇联主任，环卫处副主任、执法大队副书记，新城区治安大队长，局人事科长。

在新城区任城管大队长时，她创新了环卫工人爱心午餐。她联系慈善单位、送餐公司，布局餐点、休息亭，总之，她忙得团团转，乐此不疲。

忽然有一天，局长找到她，说有一项新的艰巨工作，去高党新村帮助农民兄弟做环境提档升级，你可有勇气去？王伟蔚一愣，她还没有反应过来。城管队员要去管农村？她从来也没有听说过，更别说去思考了。

局长说高党新村是全县第一个农民集中居住区，但它的确是乡村。具体情况肯定和县城不一样，会有你不知道的挑战。困难，往往会使人妥协。连你在内，去 10 名队员，怎么样？局长用鼓励的目光看着她，等待她的回答。

不就是有困难吗？怕什么，去！妥什么协？

于是，她就成了去高党新村工作的城管队员的领队。

被队员称为王局的王伟蔚，到高党新村第一天，有村民奇怪地问她，你们是城管队员，怎么管到俺这乡下来了？你能管得了乡下吗？

王局回答，高党是哪里的高党？不是睢宁县的高党吗？既然是睢宁县的高党，城乡一体化，我们来帮助提档升级，难道不合法吗？对方听了又提醒她说，合法是合法，但在这里，你会遇到打架的。她说城管队员怕打架吗？如果怕打架，城管队员就不用干了。对方说，那你就干着看吧。

新区的确建得漂亮。王伟蔚带领队员看了一圈后，她竟然有些吃惊。看惯了县城里的环境，再看高党现在的环境，看哪里哪里都不顺眼，不舒服。村民门前的柴火和破旧用品，随处堆放。问村民，为什么这么漂亮的村庄，乱堆乱放，不去清理。村民的回答，让她无可奈何，哭笑不得。村民说，俺这里是农村，不是城里！

农村的环境也要像城里一样，大家不是渴望过着城里人一样的生活吗？她向队员布置任务，用一个月的时间，彻底清理好高党新村的大环境。"明制度于前，重威刑于后。刑重则内畏，内畏则外坚。"

清理工作第一天，在第一户人家门前，他们就碰到"硬茬"。

这户人家的门前，摆放的是磨盘、洗衣盆、自行车、柴草垛，还拴着一条狗。城管队员说，这里的绿化带需要补植，各家各户的门前屋后，需要整洁干净，这些东西要清理，放在该放的地方。

碍着你什么事了，动我东西？动我东西你试试？我的东西就放我家门前，我看谁敢搬？户主态度刁蛮起来。

城管队员边耐心地做思想工作，边准备清理杂物。女户主看城管队员要动手清理，立即恼怒起来，上前阻拦。这一阻挡，也是她过于激动，一下子坐在自家的洗衣盆里。她儿子看见了，以为是城管队员把他母亲推倒的，拎着一把铁锹就冲出来了。

打架的事真的就要发生了。

城管队员站好了，阵势是严阵以待。女户主的儿子一看这阵势，知道来硬的不是对手了。又一手拎出煤气罐，一手拿着一块砖头，恐吓城管队员。这根本起不了作用，城管队员迎上去，一把夺过煤气罐，顺手就放在清理车上，但对方也不示弱，一块砖头，直接砸到城管队长的肩头。

而王伟蔚此刻正在村部里和村组干部讨论环境整治的下一步方案。接到电话后，她立即赶到现场，严肃地对户主说，你这种行为是阻挠正常执法的违法行为。我们是在清理环境，你的东西如果要用，你说放在哪儿，我们队员会给你摆放好，又不用你们自己动手。如果你这样抗拒清理，我们是来执法的，不是来和你打架的。打架你打得过吗？执法，你可懂？然后又对队员们说，我们按照他的要求，把要清理的东西摆放好，用行动去感化他们，绝对不允许任何人情绪化工作，记得吗？骂不还口，打不还手，这是纪律。不光要用嘴说，还要用手去干！

第一户被清理的人家，就这样被感化劝阻住了。

清理工作顺利进行。但仍然有小摩擦不断发生，一位中年妇女吵闹着找到村部，高声大喊，城管把我家门口大床腿收走了，你得赔我大床腿，赔我原样的！村干部说，你闹什么闹？你那些东西都是垃圾，不拉走留着有什么用？这里是留给你住的，不是留给你放垃圾的！

在又一户村民门口，队员们看到了损坏的花盆，已经是惨不忍睹。刚刚清理完，户主回家了，一看花盆没有了，这还了得？她张口就骂，要队员把花盆还回来。这时村干部出面说，那些花盆是你家的吗？那是公家花钱为你配的，坏了，破了，拉走了，会给你换新的。你骂谁？户主的儿子一看有人指责他妈不讲理，就手持一把剪刀，冲着村干部和城管队员过来了。王伟蔚立即带着队员上前夺下剪刀，把村干部挡在身后。这时，有许多围观的村民开始说，人家来帮助整理环境，不吃你的，不喝你的，不花你一分钱，图的是什么？你张口骂人，要拿剪刀戳人，你这不是没事找事吗？村干部说，城管队员是来保驾护航的，是为了高党人好的。家家都像你这么闹，不丢人吗？还讲不讲良心了？

一个月时间到了，王伟蔚和城管队员看到清理后的环境，舒心地笑了，他们看到了自己的劳动成果，很有成就感。

这也还仅仅是开始。

王伟蔚说，按城市里的标准来管理乡村的环境卫生，是一项需要长期坚持的工作，过程是缓慢的。村里原有的物业管理，是村民组织起来的，根本谈不上专业物业管理，城管队把专业队伍引进了高党，把村里的物业管理人员召集在一起，让专业的人做出样子给他们看，跟着学，一次不行，两次，两次不行，三次，手把手地教。我们来是暂时的，你们是长期的。今后高党新村的环境管理，还是得靠你们自己来做。

于是，专业人员做一遍，村里的物业人员跟着学一遍。王伟蔚说，你们可看出来差距在哪里了？村里的物业人员点点头，说看到了，还真不简单。

临到春节了，一位村民拉着王伟蔚的手说，大姐啊，说实话，在高党住惯了，别的村连走亲戚也不想去了，又脏又乱，脚都插不进去！王伟蔚感觉到，村民的观念正在发生改变，他们已经开始从内心里接受新的理念了。这是多么喜人的变化啊！他们的努力，终于收到了实效。

王伟蔚正在思考，环境整治，不仅要清理门外的，还要整洁门内的。要内外干净，不留死角。高党人要开门迎客啊！下一步，我们在环境卫生的提档升级中，该为高党新村人，做出哪些具体的贡献呢？

当然，对于城管队员们在高党新村的一举一动，一言一行，张晨是了解得清清楚楚的。他作为姚集镇的党委书记，又是城管队员的邀请人，他怎么会对城管队员的到来不密切关注呢？

为了将高党这块"全国美丽乡村示范村"金子招牌打造得更加亮丽，县委作了慎重而又果断的决定，时任组织部长的张晨，从2017年7月开始兼任姚集镇党委书记。他的职责不仅有高党的今天，还有高党的明天和持续发展后劲十足的明天。张晨自己也知道，他是来姚集镇锦上添花的。高党新村的建设，过去最为艰难的任务，已经由前任带头党员干部完成了，而且完成得十分漂亮，让群众从心里感到满意。那么，他就要带领党员干部，带领人民群众，向更为辉煌的目标奋进。除了奋进，他没有第二个选择！

要奋进，就要创新！乡村要发展，不创新就无法发展。把城管的理念、做法、工作引进乡村，这本身就是一种创新，就是一种提升。

创新首先要从哪里入手？从党建入手，从人的思想开始。那么乡村振兴中的党建，又如何入手？在充分座谈、调研、分析、思考之后，他觉得必须改变原有的一成不变的做法。那就是把嘴里喊的变成手中做的，把本上记的变成脚下走的，把墙上挂的变成事实呈现的。这样，就必须要有一个强有力的村两委班子。他要加强高党新村村两委班子建设。经过充分酝酿考察，把年轻有为、精力旺盛、敢于开拓、思维敏锐的宋斌，推到了党支部书记的位置上，同时一改村级党支部设有专职党务到书记的"旧制"，配备了经验丰富、勇担责任、忠于事业的宋斌担任这一工作。而这一成功的经验，后来被复制到全县村级党支部，全部配备了专职党务副书记，其待遇和"三大员"同等，这也为乡村振兴储备了人才，全县450余名后备干部进入了这支队伍。

这项工作完成之后，张晨开始了进一步的思考。他觉得还应该把更高层次的人才引进高党新村，融入高党新村，这是乡村振兴的发展需要。于是，高党新村来了一位北大毕业生陈晓华！

陈晓华来到高党新村后，人们看到，随着他忙碌的身影，高党乡学院建立起来了，全县党员干部在这里，加深了对"不忘初心、牢记使命"的理解，加深了对自身责任和担当的认识，从而增强了信心和不断进取的力量。人们看到，乡村"国学班"开班了。开始来读书的只有孩子，在学习《弟子规》《三字经》。后来，孩子的家长也来"陪读"了。人们看到，高党"拓展基地"建立起来了，为游客服务的"民宿"项目实施了，各种各样的乡村文化旅游项目，不断推出了。

张晨看到高党新村呈现出来的乡村振兴中的新时代风貌，欣慰地笑了。他还在思考，下一步，该进行什么样的创新呢？那么，还是到群众中去，倾听他们的心声，了解他们的需要吧。他坚信，高党会青春蓬勃地一路追梦，振兴的蓝图一定会实现！锦上添花的工作，一定会持续深入地进行下去！

第二部　声音

空气是清新的。声音是透亮的，碧绿的故黄水一路欢唱。

为了从心里吐露出这种声音，土地等待了太久。

像一颗种子等待拔节。

像一朵新花等待绽放。

像一只紫燕等待归途。

乡村在等待自己的声音。

这声音里鼓满了蓬勃，在蓝色的天空里，向着远方呼唤。

春之声，从这里发出。

语自心出

铁骨柔肠宋德强

宋德强媳妇翟怀芹介绍自己老公，是这么说的："直人，不拐弯。在外做什么事从来不跟我说一声。"

宋德强介绍自己时，是这样说的："脾气不好，两句话说不好，就动手了。村里好几个人都被我揍过。"随口就问翟怀芹："宋德强打过别人，也打过你吗？"她回答："怎么不打？打过。"问宋德强："真的打过？"宋德强笑了，说："打过。现在不打了。年龄大了，娶儿媳妇了。不能再打了。"他媳妇在旁边听了，也不言语。他们俩谈夫妻干仗，似乎是在谈打游戏，很快乐的样子。

宋之昌在旁边向我说："他和宋之武俩人对拍子，性格脾气一个样，两人处得好。"宋之昌比宋德强大 20 岁，但辈分晚，尊称宋德强三叔，称翟怀芹三婶，而且喊得鲜甜。宋之昌说："这是必须的！"

宋德强也不是完全的"群众"，他当过村小组长，在高党村启动拆迁时，他还是民兵营长。拆迁时宋德强当然要冲在前头。拆到他表侄家时，表侄不给拆，而且态度不好。宋德强忍不住了，上去就是几个耳光，说："你说不拆就不拆了？不拆你签什么协议？你以为高党是为你一家建的？"你也别说，他这么一干，把他侄子拆迁拿下来了。有人说，高党村有人遇到事是会拼小刀子的，但宋德强是不怕拼小刀子的，他手里拿着大砍刀。

然而，虽说宋德强是一条钢铁汉子，似乎做事不近人情，如同"猛张飞"，有时也并非如此。这得看是什么事。

他媳妇说其实他心软，两句好话一说，他就没词了。他在外头给人担保，人家不还，他的钱被扣去了，扣到最后，有一万多元他也找不到主了，不知给谁垫上去了。要不是有人对我说，我一点也不知道。不叫他给人担保，他不听。有一回我拦着没让他借钱给他一个什么兄弟，人家见了我，连理也不理。不理拉倒。我就说他，人欠你的钱可得还？他指什么还？你要是借钱给他，这钱问谁要去？

宋德强低头抽烟，不反对这话，认了。

宋德强有两个孩子，儿子结了婚，有一个小宝宝，刚刚一岁多一点，会说简单的话，比如说爷爷打人，他也会说"打"，还会学他爷爷打呼噜，会说一二三四五。宋德强的女儿在徐州打工，劝她谈恋爱找对象，女儿不听，说忙，找什么对象？当爸当妈的就难免生出小小的担忧。

宋德强10年前开始创业，做板材厂。就是买来杨树原木，加工成板皮。这个产业，在姚集镇、古邳镇几乎村村都有，随处可见。到处晒着一大片一大片的板皮。路上过往的车辆，时不时可见不是拉原木的，就是送板皮的。

宋德强建板材加工厂，与他媳妇有关系。翟怀芹原先在别人家的木板厂打工。别人可以开板材厂，我们为什么不可以开？她劝丈夫开板材厂。于是，直性子宋德强就决定，筹资借钱，开板材厂。

现在，他的板材厂基本上交给儿子去打理了。他儿子也是个热情厚道能吃苦的小伙子。但翟怀芹至今仍然在自家的厂里打工。一大早，四五点钟就去了，干一段时间活，回来收拾家务，帮儿媳妇带孩子，一边带孩子，一边吃早饭，她的早饭时间大约在上午 10 点钟左右。儿媳妇在村里电商平台工作，也忙得没有空闲。她必须帮助她带好孩子。她是个开朗朴实的农村妇女，任劳任怨型的，乐天派。心里有什么事，说出来之后，风一吹，没有了。真让人想不出，宋德强曾经会打她。宋之昌就开她玩笑，说你打不过他，还骂不过他吗？他有拳头子，你有脊梁骨。翟怀芹听了也不恼。

宋德强开板材厂，用的全是本村的人，有十七八个，每人每个月工资大约在三千元左右，高的可以拿到四五千。翟怀芹说，有的人在厂里干活，比我开厂的挣得都多！

翟怀芹说村里有一位吴姓人家，老太太身体不好，不能在外干活，干不了。老太太今年 60 多岁了，翟怀芹收她在厂里，负责晒板子，这个活她能干得了，有时天不亮三四点钟就去了，一年能挣三万多块钱。老太太对她说，多亏了你这个板厂，收我在这晒板子，不然上哪里挣这个钱！

这个板材厂，应该说不是宋德强一个家庭的，有多少人在这里干活，就维护了多少个家庭。

有一位宋姓村民，过去穷得吃不上饭，而且又不会过日子。宋德强把他们夫妇俩招进厂里打工，一口气干了有六年了。两口子每年可以从他的厂里拿到六七万工资，六七年拿了多少钱？30 多万！30 多万在农村是个什么概念？所以，现在房子也有了，账也不欠了。问宋德强是怎么管理他们两口子的？宋德强说，平时，他好喝我不准他喝。缺钱花了来我这支，我得问清他支钱是干什么用的。说不清楚就不给他支。等到年底了，一次性给他结清，另外再多给他千儿八百的。还给他酒，给他油，安排他过好节。他过去也在别的板材厂干过，到年底结账时，两手一拍，没有了。怎么没有了？

支完了也花完了，再加上他也不会算账，连票子也数不清。他们到我这来，我就可以扣他一把，握紧一点，让他们生活走上正轨。

还有一户村民，生活艰难，媳妇又是个憨子，上别的地方打工，根本去不了。宋德强二话不说，把他们收进了厂里，如今干有三年了。

宋德强真是个外强内柔的人。一说起往事，一脸都是笑容，对做过的错事也从来不后悔。这也难怪，人家现在还是村里民兵营长，不小的官啊。宋之昌说他三婶子翟怀芹，你嫁了个营长，该知足吧。过去，民兵营长可是挂盒子枪的。翟怀芹就开心地笑。但她现在又有担忧了。她说，上级要求板皮厂全部搬迁，搬到古邳民便河那边去，离家远了。我问工人，搬远了你们还去干活？他们说，路远了，不能去干了。你说，这一搬迁，得损失几万元钱，招不到人该怎么干呢？又不能不干。

宋德强说，不能不干啊，几十万元的设备，不干了废铁一堆。这一搬，房子什么的都得全盖新的，一家子都得到厂里去住，得生活在那里。怎么办，先搬了干起来再说，总会有办法吧。他好像在安慰他媳妇，又好像在安慰他自己。

宋之昌一家人

宋之昌喊宋德强三叔爷，性格却不一样。

宋之昌今年 70 岁了，他在高党新村有三处房子，并排连在一起。他和老伴邱淑萍住一处，另两处是他两个儿子的。但两个儿子都不在家，在外打工。他的女儿小婧是位很少言语的温柔姑娘，她对象也外出打工了，她就带两个孩子住在娘家。两个孩子太小，且调皮，小婧一个人带不过来。而宋之昌老两口对带孩子，乐此不疲，求之不得。

住进新区后，宋之昌有时也在村里干零活，更多的是，村里让他分担村务上的琐事，于是就当了"网格长"，党建工作也找他，让他代表群众对党员进行评议。可他自己说，我是个非党非干的局外人，为什么要找我呢？但他干任何一件事，都干得认真而快乐。而他的老伴，最快乐的事，不仅是带外孙女和外孙，还有去流转土地上干活，还有在村里栽花种草。出门时满面笑容，收工回家时笑容满面。他们的外孙外孙女，特别喜欢他们抱，一看见他们来了，就迎，一看见他们走了，就追。小婧不大爱说话，却很爱笑，用文文静静形容她，也是可以的，只不过是乡村女孩的那种淳朴的文静，带着浓厚的泥土气息。宋之昌问我，为什么女儿的孩子，要叫外孙呢？我说，本来就是外呀，你女儿的对象住在你家之外！他乐得直笑。

问他们老两口，住在小区里，比原来住的怎么样？他们马上收起笑容，很严肃地说，好，好，这多干净！路又这么好，环境这么漂亮。过去住的，锅屋的草连到堂屋去，下点雨，带一屋里都是薄泥。猪拉狗尿，气味难闻。

宋之昌抽烟，他女儿对这点很不爽，说都不让他抽，他不听。对于不听话的爹，她也不采取强制措施，比如没收、夺下之类的，装作没看见。但有埋怨，说你看看，一连输了几天水，有肺炎，还抽！宋之昌伸出来手掌，上面固定针头的药用纱布还在。他自己也说，天天在村卫生室输水，一连五六天了，一天四瓶。这几天忽冷忽热。村卫生室挤得都是人。我抽烟都抽 40 多年了，从上高中时就抽了，好不容易练个手艺，能丢吗？说完自己笑得很得意，甚为自豪。在家里，宋之昌如果不抽烟，大概是一件很奇怪的事。

属牛的宋之昌，与共和国同龄。1972 年就当了民办教师，1975 年又去上了运河师范。毕业回来了，仍然做乡村小学教师，不断地被调动，教的是语文，当过班主任，也当过小学校长。带过毕业班，也带过戴帽初中。换了学校，不换的是他对孩子们的热爱。退休后赋闲在家，对高党村的历史，熟如掌纹。他说，要不是党和政府的扶持，依靠高党人自己，八辈子十辈子也不会有今天！乡村振兴，真好！子孙后代的事也解决了。

平时宋之昌老两口在家时，这就热闹了，邻居家小孩也过来，孩子之间不是常常为了争玩具而哭闹，就是大的打小的了。小孩一哭，大人就去哄。其实那些小孩，有时会假哭，这是小孩子们惯用的杀手锏，攻无不克，战无不胜，屡用屡胜。宋之昌老两口得想办法让孩子不哭。但真哭好哄，假哭就不好哄了。给这样玩具，不要。给那样玩具，不要。所有玩具排了一遍，没有一样可以止住哭声的。换招，拿好吃的，这才有可能不哭。无论真哭假哭，其杀伤力都是同样的效果奇佳。

宋姓人家在高党村里也是大户人家。高党村按字面来猜，姓高姓党的应该人多。实际上姓高的人不多，姓党的一家也没有。但姓宋的人多，宋之昌说也不会因为姓大仗势欺人，无理取闹，无事生非。一个村子里过日子，仗势欺人的事是不厚道的，不能做。凡事得讲邻里乡情，老少爷们，得讲理。但也不能得理不让人，让人三分不为孬。

宋之昌说，我在村里干的，高党村人在村里干的，都是为谁干的？都是为自己干的，也是为高党村后人干的。但外面的人，他们干的事是为谁干的？他们不是高党村人，却都是为高党村人干的。上到县委书记，下到镇里来的工作人员。上面来人到高党参观，都是镇长拿着话筒当讲解员。当然，人多了，数不过来。他们不都是为高党人干的吗？他们成了高党的编外村民。我从来没见过管超主任消停走过，走路都是带小跑。邵科长要是几天没到高党来，我都知道。边说边伸出手指头计算，说这一次有四五天了。旁边的宋之武就对他说，哥，没有这么多天，邵科长出去学习了，昨天晚上可能回来了，你今天就能看见他。果然在中午，宋之昌就见到了邵其亮，他就笑着说，我都想你好几天了。

邵其亮在宋之昌面前说，我们忙，该忙。高党是全国美丽乡村示范村，是全国最美水乡，我们所做的工作，就是为了要对得起这个荣誉，对得起党和政府对我们的信任。要做的事太多了，白天黑夜不睡觉也做不过来。不然，怎么向领导和高党群众交代？文化站站长吴琼也说，我们就是想把高党新村打扮得更完美，高党就是我们的家。从早忙到晚，有做不完的事，真正在自己家的时间，真的很少了。我那口子说，你干脆搬到高党去住吧。

宋之昌说，我原先是三处房子，搬进小区来，我还是三处房子，有的户还是四处呢。儿子孙子都有了。

他老伴就说，欠的账还没还清呢。然后老两口就为欠债多少，各有各的算法。老伴说还欠 13 万，宋之昌说只有 3 万。老伴说，明明是 13 万，一点也不少。宋之昌说，那不是我借的，那是儿子借的，我借的我还过了之后，现在只欠 3 万了。

在拆迁过程中，宋之昌原来 3 处房子，有两处各补偿 8 万多，一处补了 1.4 万元。搬进三处新房子时，每处 14 万元，共用去了 42 万元，两处装修，花了 12 万元。宋之昌说他欠了 13 万元的窟窿，已还了 10 万元，还剩 3 万元窟窿。至于儿子借的钱，他早已说过了，谁借的谁还。儿子打工，欠这点钱，还算钱吗？说到这里，他高兴得笑逐颜开。可他老伴说，那原先的房子也是新建的，才两年就扒了，一根草棒棒也没有拿回来。好像十分遗憾。宋之昌说，你没拿回来现在穷着你了？拿回去的人又发大财了？好日子在后头呢！

宋之昌说，拆迁时，我家在路南。要求我家得先拆，腾出地方来，让后拆的人家放东西，所以，我得先扒。他老伴接过来说，三句好话一说他心就软了。他兄弟在村里干事，喊他哥，先扒吧，他就点头同意先扒了。

宋之昌说，后扒的就不扒了？

说是这么说，但高党的拆迁过程，简直就是一场战役。凡是战役，必有惨烈。用惨烈形容高党拆迁过程，也许并不为过。用宋之昌老伴邱淑萍的话说，当年老支部书记宋永德在拆迁时，骂不还口，打不还手，往往被人打得鼻青脸肿，追着打，身上没有一块好地方。回到家里还不能吭声。现在人家才说他的好话，可是他人已经不在了。活活是累死的，气死的。说完，她自己叹了一口气。

若干天后，宋之昌三处房子的其中之一，因为闲置，在宋之武的鼓动下，已被打造成"高党铺子"民宿了。老两口乐得一个劲地笑。

老兵情真

卢成华和宋之昌邻里之间关系很不错。这天，他们俩又凑在一起了。

高党新村幼儿园有小、中、大三个班。我曾经去采访过，不巧是个星期天，园里的孩子和老师都不在。有人说这里相当于是姚集镇幼儿三园！

卢成华的小三轮车上，坐着一个小的，车后面跟着一个大的。这是他的孙子孙女。他老伴一边对他喊，你看好车上的，别让他下来，一边追着在地上跑的，说又往哪跑，别跑跌倒了。两个人看两个小孩，忙得不亦乐乎。没办法，幼儿园大门是大开着的，却没有人。大门开着是为了迎接一个亲子团前来参观。星期天，幼儿园正常休息。孩子们各回各的家，由爷爷奶奶带着玩了。所以，在这个时候，可以看到新村的街道上，都是新妈妈在抱着孩子、领着孩子，或老奶奶老爷爷在追着孩子。

按说，卢成华是没有时间带孩子的。他更多的时间得去关心他养的猪。其中一头长有 400 多斤了，还没卖。他说年前生猪卖七元多一斤，现在才五元多，掉价了，不能卖。我看它腿又粗又长，能长个大个，我就这么喂着，看它到底能长多大。我说，你要是能喂成个大象，就在高党卖票，让人参观，比养猪挣钱还多。卢成华笑笑不搭腔。

卢成华是个当兵的出身。在部队服役了 7 年，也上过对越自卫反击战前线。对越自卫反击战结束后，一个连队留 10 个老兵，没有留他，他就带着党员身份，回到家乡高党了，重新做一名农民。

村部前的百姓广场上，睢中南校几百名双元班的学生，举着班旗，在老师的指挥下，正列队听管超向他们介绍高党新村的前世今生。这肯定是一场生动的乡村振兴课，也是一次美丽乡村的社会实践。卢成华带着孩子在旁边看热闹。这时，宋之昌喊他，到旁边小亭子里坐下抽支烟。又补充了一句，说我想和他拉拉呱。

卢成华就走过来说，时间过得真快。你看，现在高党人，由原先不认识到认识了，由不理解到理解了。

这话宋之昌当然懂。他们俩都经历过当初建设集中居住区，遇到过落后陈旧的习惯势力阻拦、破坏。谁也没有想到，集中居住的新村会建成这样，会这么漂亮，环境这么好。没有人再说风凉话了，再嚼爹骂娘了，再不说干部这也不是那也不是了，心里满意了。所以，从不认识到认识，从不理解到理解了。宋之昌感叹一句，说不好的人，是那百分之一不凭良心说话的人。

卢成华抽着烟，轻松地一笑。卢成华仿佛不会大声笑，也不会大声说话，就那么慢慢地说他自己对高党的感受。

这个时候，村广播里通知，党员同志要到村部去照张相，是党建工作需要。宋之昌说，你是党员，你得去照相了。卢成华说，你不去？宋之昌说，我不是党员怎么去照，人家又没叫我去，不够格。

卢成华并没有急着起身，反而说了一句，党员心里有不满的地方，有意见，是不能乱说话的。你乱说话，群众听了就会笑话你，说党员竟说些不是党员的话！你不把个人维护好，怎么维护党的形象？说什么都没有用。

这是在说谁呢？宋之昌也笑了笑。好像他知道卢成华此话说的是谁。

卢成华又说，小年幼的，干好了升了，干不好挣钱去了，这个能行吗？有一次开党员会，我对那谁说，我背后没说你一句坏话，我人前也没有说你一句好话。你应该摸摸良心，把村里老百姓的事干好。你做的事，别人没有数，你自己心里还没有数吗？什么叫水平，没有良心就没有水平。

如果老书记宋之领不死，高党会比今天还要好！我40年前去当兵，现在年龄大了，任何事情不与别人争。但我说的话，办的事，都出于心。你不能光站在自己的利益上说话。必须站在众人的利益上说话。共产党是高党的恩人，上面把钱花在正地方了，也是花得值，花得在理！就是花在别的地方，也是花得正义的。有人说领导这说领导那，你要干了还不如人。自己的困难再大，那也是自己的。你不能说领导不好。中国有十几亿人，还都得往人人心坎上碰？就像一个家庭，没有一个好当家的，多大的家庭也得散。我的家也一样，不是我，早散了，十几个家也早散了。

宋之昌就催他快去照相，他反而又点上了一支烟。

卢成华说我的要求不高，吃上饭就行了。女儿孝顺我，给我买烟，给我钱花，结果，给我的好烟让儿子抽了，给我的钱也花在孙子身上了。孙子前边去商店拿东西，我得跟在后边付款。还有，儿媳妇在网上买了什么树，说多好多好，多贵多贵。我问栽在哪里？小区里有规定，谁也不准乱栽乱种。你买这树，栽在哪里？我就生气，气得把碗都摔了。村里规定的，我总不能带头破坏吧！

我对儿子说，你不能学人五人六的，你要学点本事，学点手艺，学会挣钱。你腰包有钱了，外面穿得不好，也有底气。像前几年战友聚会，叫我去参加，怎么去参加？我连一包好烟也买不起。这几年，老战友来请我去，去了一看，一个连的战友，都不认识了。都老了，我的头发也全白完喽。问我可能在手机上看到战友。我说看不到。我用的是老年机子，智能的手机不会用。在手机上看，看什么呢？不就是告诉战友，我还活着吗？也真是的，我的好几位战友，如今都不在了。

这时村广播又响了，通知宋之昌也去照相。宋之昌就纳闷，我不是党员照什么相？再细一听，原来高党新村好人也要去照相，党建工作少不了他们的意见和建议。宋之昌是"高党好人"。于是宋之昌对卢成华说，走吧，咱俩一块去吧。

一个老兵，一个老教师，两个人的身影，在阳光下向高党村部走去，去为党建工作照张相。

大舞台上

宋之昌说"编外村民"吴琼是一个文化人。

高党村部门前的广场，是一个百姓大舞台。其实，整个村庄都是百姓的大舞台，只不过集中聚焦在这里罢了。

镇文化站长吴琼，对高党新村的文化建设每一步都清清楚楚，因为每走过一步，都有她奉献的汗水和心血，凝聚着她的责任、使命和情感。领导明确指出，振兴乡村，文化必须振兴，打造高党新村新文化，是她工作的重点方向。所以，她不能掉以轻心。她以最大的热情和努力，在极短的时间，让人们看到，村史馆、村图书馆先后开馆了，百姓大舞台投入使用了，村艺术团开始登台表演了，村舞蹈队走出高党了。一派文化新气象，在高党新村吐芳争艳，如雨后梨花，清新而又奔放。

高党就是不断地给人们带来惊喜。

吴琼2001年参加工作时，岗位在镇文化站里，对文化的认识却一片空白。她学的专业是经济管理。那个时候，文化站没有站址，文化工作也显得并不重要。重要的是乡镇里的中心工作。全体工作人员都要为镇中心工作服务。不同时期，中心工作不同。所以，文化站长做不成文化工作，要服从中心工作，下队。下到队里了，人家看她是个未婚小姑娘，根本不与她交流。至于计划生育中"双查"是什么内容，她也不明白。领导在开例会时问她，你包的村"双查"结果怎么样？她懵了说"一个没查"。结果引起大家一阵哄笑。

但还是改不了羞怯的心理。上班时，看到办公室里大家比她早来了，她就不敢抬脚进屋了。

然而，她凭着自己的毅力和上进心，对文化工作由不熟悉到熟悉，由被迫学习到打从心里喜欢。她完成了对自己本职工作的一次华丽转身。

她带领姚集镇"舞动乡村"表演队，在县里拿到了"最佳风尚"奖，载誉归来，时任党委书记钟士民亲自去大门口迎接。同事们说，钟书记亲自到门口迎接谁载誉归来，以前还没见过。

镇里领导布置做好夏季纳凉晚会活动，需要的费用，可以先行垫上，然后实报实销。但纳凉晚会办完了，原来的领导也调动了。新来的分管领导，对前任说过的话作出了决定，不予认可。没事，吴琼不争不吵，自己贴，不就几千块钱的事吗？

在高党村"拆迁"的关键时刻，吴琼来到工作现场。在协助拆迁工作时，她开始考虑基层群众文化工作该怎么与新村建设同步进行，该如何发展推动。

她首先做的工作是提高广场舞的水平。环境改变了，文化生活也该提高。暑期，她从县城请来了专业舞蹈辅导老师，手把手教村民。辅导老师问，你们原先跟谁学的？回答说，跟电脑学的。辅导老师也只好谅解了他们的实际困难，不规范总有不规范的原因。

她想让高党村民在新的环境下，玩起来，玩得开心，玩得高雅，玩出艺术范来。她开始筹划成立高党新村艺术团。

成立新村艺术团，必须挖掘新村的艺术人才。问村民，我们村有这样的文艺人才吗？村民说，怎么会有这样的人才呢？没见过，见过的都是种地的泥腿子。

吴琼当然不信。不是没有，而是有了没有被发现，没有被挖掘。谁说熟悉的地方没风景，她坚信一定会有。

她总是找机会到老百姓中间打听，高党人谁会唱歌啊？回答依然是没有。她说再想想，肯定有，是你一时想不起来。被打听的认真地想了一会儿，突然想起来了，说谁谁会唱。吴琼又问，村里有在耶稣堂唱诗班的人吗？答说有，对对对，那里可能会找到能唱歌的人。接着又说，谁谁大概又会唱，又能编。吴琼就说，再想想，看看还有谁？

会唱的会跳的会编的会拉的，就是这样，被吴琼从地下挖宝贝一样，一一地给挖出来了。

当县里举行群众文化活动时，吴琼就极力推荐高党舞蹈队、艺术团的节目去表演。他们上了场，表演的效果，比在排练时还要好得多。吴琼说，高党人要面子，要荣誉，要争光，所以一上台就换了一个人。可是在平时排练时，人总也凑不齐，不是你有事，就是他有事。不是提出这个要求，就是提出那个条件。又没有报酬给他们，就是靠感情来维系。在表演时，要让大家感到这是一份荣誉，知道自己的价值所在。

一次在排练时，吴琼提出创作一个反映现实生活的小品。编什么内容呢？团员七嘴八舌说开了。结果编的小品是，大家搬进新房住了，有的子女却以各种各样理由，把年迈的父母留在村外还没有来得及拆除的临时板房里。他们又把好媳妇评选的内容，加进了小品里，这个小品一演出，就受到了村民的欢迎和称赞，演了一遍又一遍，村人说再演几遍。当然，也有人看了脸热心跳不高兴的。村民议论说，现在你年轻，将来不会老吗？你以后老了，你的子女如果对你不孝顺，你会怎么办？人人都有老的那一天，千万别学小品里那些不孝敬老人的人。

这就是文化的力量，艺术的力量，艺术团的力量。吴琼说，正能量已经被村民认可和接受，未来一切都会发生改变！振兴的文化，创新的文化，必将会振兴高党新村。

为了建好村图书馆，她请求县文广新体局领导派人来指导，寻找图书馆的最佳管理方式。

为了建好村史馆，她一家一户走访，去寻找可以记住乡愁的老物件，谁家有旧的生活生产用具，她同拥有者商量，可以放在村史馆里为你收藏保管，你想了解可以随时去看看。如果捐出来，给你一定补偿。

她说，她做这些工作时，最有效的方法，是一步一步地同村民走近，处感情，争取他们的理解和支持。她认为这些东西，都是高党新村宝贵的文化积累，文化财富。

她着手打造高党新村的编织社，挖掘民间传统的手工艺，并把这些手工艺品，在电商平台上推向市场。

她努力协助高党商业街的完善，倾听商户的要求，并把收集到的情况，结合自己的想法，及时向领导汇报，当好参谋，成了领导信任的人，商户的知心人、贴心人。

现在，吴站长在文化站的岗位上，有了越来越多的设想规划，在高党新村文化振兴的道路上，有了越来越多的文化创意。她显得更加细腻、沉稳。

这是她的心里充满了的文化自信。

幸福观

陈克波不是文化人，他是高党新村的一位个体工商户。但他的幸福观，却很有文化。

陈克波是卢雪花的老公公，在高党新村里开家电门市。但他的主要精力现在放在了八一新村。八一新村紧邻高党新村，坐落在睢邳公路边上，气派得很。与故黄河北岸的古邳（历史上是有名的下邳古国）相距大约五公里。因此，陈克波就把家电门市的分店，开到了下邳村（八一村现在改名叫下邳村了），而且面积比他在高党新村的门面，大至少五六倍，大约有 300 平方米。但他做家电的名气，现在远远不如他儿媳妇卢雪花上央视的名气。卢雪花自从拍了一个高党新村的小视频，被中央电视台新闻频道播出后，可以说是一夜成名。

陈克波是一个精明的人，考虑问题广泛灵活。他有一个不大好听的绰号，有人当他的面也喊过，喊就喊了，陈克波并不生气。那个绰号里含个"鬼"字。

这个"鬼"字在乡下，有褒义，也有贬义，有时候，褒义大于贬义，有时贬义大于褒义。但对于陈克波来说，褒义略略大于贬义。不可否认，他是村里人公认的能人。而他说话做事，总站在公理上，像是一位乡村绅士。

陈克波做过镇蚕桑技术员，又有在丝绸公司工作的历练，应该说阅历不浅，识人无数。说到那段央视播放的卢雪花自拍的小视频，他说："高党新村这么好，这么美，上哪儿找去？我原先想自己拍几段小视频，后来一想，不如鼓励我儿媳妇拍，她肯定拍得比我好。人家是大学生，做过普通话培训的辅导老师。她就拍了。播出来以后，朋友圈都在转发，有人说拍得真好，我就说你不看那是谁拍的！"陈克波说到这儿，一脸的幸福感，带着明显的自豪和骄傲。他有这个资本啊！卢雪花从他身边走过，听他老公公这么说，只是微微一笑，忙她自己的事去了。她必须忙，下邳村的店她婆婆看着，家里的店就交给了她，还得照顾孩子。老公公事情比她们还要忙得多。有时忙一天，晚上还要出去应酬。昨天晚上，就是出去喝酒，很晚才回来。一大早起来，忙着屋里屋外打扫卫生，好像对吃早饭不感兴趣——大概没有食欲了。

陈克波是一个白白净净的人，穿着也是干干净净、利利索索，言谈举止完全不像一个当爷爷的人，简直就是个小伙子——帅。他在与客人谈话时，从茶几上拿出了一部家谱，翻出图片，指着说："看看，这就是我，理事。我掏了 5 000 元钱。"我就笑，说："你掏了 5 000 元钱，5 000 年后还可以找到你。"他对这句话显得很中意。话头一转，又转到卢雪花那段自拍的小视频上，说："拍那段小视频，也不是为了说明高党人现在多么多么富，而是说居住的环境变美了。环境是可以改变人的。你看，这村里还能听到有人吵架骂仗的吗？听不到了，没有了。村民的素质与前几年比，提高了多少啊。什么叫幸福？大家都快乐都高兴，就叫幸福。快乐是一种心态，预示着精神和物质的双层满足。你想，你苦，别人不给你一分。你富，你也不给别人一分。你要想过上幸福生活，就要安分守己，学得坚强点，千万别违法，以实干肯干来说话。钱好挣，也好花。所以你要计算着过日子，这就会过得很幸福。这么说，人，人品是第一位的。我注重的首先是人品。"

接着，他借此机会，向我介绍自己的经验，或是证明他在人品审视上的得意之作，这便是卢雪花。

在八一中学读书时，陈克波就干过大事。原来高党戴帽初中并到当时的八一中学，陈克波不服气，他更希望在高党读初中。结果，他把所有高党的学生，又带回到高党学校了。这还了得，僵持了一段时间，还是得去八一中学上。陈克波看争取不来了，干脆不上了。但他后来知道，学习对一个学生是多么重要！他坚决反对自己孩子在中学阶段谈恋爱。反对归反对，孩子在读中学时，谈不谈恋爱，他控制不了。终于有一天，儿子要上大学了，才胆怯地告诉爸爸，他谈女朋友了。陈克波没有说什么，谈和不谈已不重要，反正已经考上大学了，也是该谈恋爱的时候了。陈克波说带来给我看看吧。卢雪花就去了，这一去，就以落落大方的气质征服了未来的老公公。陈克波喜出望外，立即高兴地对卢雪花说："后天，我请你和你父母吃饭！"可见他对未来的儿媳妇已经十分满意了。还有卢雪花不知道的，后天是她准公公的生日。

接待卢雪花一家人的场面是高规格的，隆重的。陈克波把他家族里的人都请过来了，桌子上还摆着一个大蛋糕，看起来，他很会制造浪漫情节。而且，这一天还是八月十五。陈克波问他请来的亲戚："你们满意吗？""当然，没有不满意的。"陈克波说："你们都看到了，别说我没征求你们意见。这事就这么定了。"

订婚按农村习俗，是要给订婚礼的，也就是俗话说的彩礼。当然女方家没有张口要，倒是陈克波对卢雪花说了："我给你准备了10万块钱，不过，现在不能给你。因为我正在做生意，不能把本钱抽没了。这笔钱先存在我这里，等于我借你的。在我这里，一年长一万块钱的利，到时一分不少的给你。"后来，陈克波果然兑现了诺言，晚给了五年订婚礼，却长了5万元，10万就变成了15万元。后来因为买房子，这笔钱又上升为20万元。

陈克波有两个孩子，他在两个儿子面前必须保持平衡一致。他说，有两处房子，一处是自住的，一处是门面房。门面房贵一些。两个孩子可以商量好，或者抽签决定也行。要门面房的可以出租，可以赚钱。自住的就不行。要门面房的就得先给我拿出10万的养老钱，否则我就不给。

这个陈克波！

年龄可以改变人啊。他给自己一个体面的理由，家和万事兴。他确实家和，两个孩子互相推让。这让他很欣慰。

他说他有一位朋友，两个人闹矛盾，责任当然在男方多一些。矛盾弄大了，请他去说情，从中调和。陈克波做出了别人想不到的事，出个馊主意教女方提出离婚！

女的说，这怎么行？

陈克波问，他会不会同意离？

女的说，根本不会同意。

陈克波说，这就行了。你离，看他怎么说？

这女的果然信了陈克波的话，起诉离婚。这么一起诉，男的慌了，好好的一个家，马上要拆散了，这日子还怎么过？而且女方要求的是，男方净身出户，任何条件也不给！

陈克波问男的，离不离？

不想离。

不想离你怎么办？还改不改？

······

男方说改。

改了就好，向你媳妇保证吧。保证之后，陈克波对女方说，你现在可以撤诉了。

就这一招，治好了他的朋友。如今一家人过的和和睦睦，再也没有闹过矛盾。

陈克波说，能为别人做点好事，就是幸福！方法也不得不讲，这就叫艺术！

陈克波的"鬼道"，用在经营上，则是"商道"，用在人际关系上，则是"人道"啊！

人有人道，商有商道。在陈克波身上，这个高党人竟是如此完美地统一起来了。

高党芯片

我在高党采访期间，中美贸易突起摩擦，影响了整个世界。随着美国对中兴发起的所谓制裁，"芯片"这词，前所未有地植入百姓的大脑里。我突然想到，乡村振兴，高党正在打造自己的芯片！

我刚离开高党新村才几天，高党的朋友都在电话中告诉我："高党一天一个样地变化，你再来看看，今天和昨天不一样！"我的朋友朱勇，原先是一家大型超市的总经理，辞职不干了，现在是自己创立的餐饮策划创意咨询公司的老板。他对我说，他已经开始进驻高党新村，在那里打造特色餐饮一条街。把睢宁传统美食一网打尽，把全国各地独具特色的饮食文化，逐步引进。听得我一愣一愣的。不是我不懂，而是这个世界变化太快了。这不是明摆着在高党新村大干一场的节奏嘛？朱勇问我："你有什么好的建议吗？"我说："做文化啊，文化第一，餐饮第二。睢宁的饮食文化，在徐州周边地区可是坐飞机吹喇叭，享誉在外啊！出其左右者，无！"

正在做菜煎饼的主人，系着蓝底白花的围裙，顶着同样蓝底白花的头巾，一脸灿烂的笑容，一边做菜煎饼，一边同客人交流。客人看过案子上摆放的十几道煎饼菜，又揭开锅盖，看了看锅里熬的杂粮粥。这时，她已经把香气扑鼻的菜煎饼做好了，切成了半个手掌大小四块，摆放在一个精致的柳编盘子里，像是捧着刚刚绽开的一朵金黄色的花，请客人品尝，又说："我给您盛一碗杂粮粥，你来得早，来晚了就没有了。"客人就乐呵呵地笑。

　　我来时在黄河大桥下的车，打电话给宋之武让他来接我。他电话那头，声音乱得很，说明正在忙事。他大声告诉我："我去不了，我叫我老大去接你。"他老大宋之昌，骑着摩托车就来了，离我还很远就说："我老远就看到你了。"

　　我问宋之昌："听说一天一个样？"

　　他说："你来看看不就知道了？"

　　刚进北入口大门，就看路边停着车和人，田间有一排人正在间苗，间的什么苗，问宋之昌，他说他也不认识。来到"俺家菜园"门前——牌子上写着：睢宁县姚集镇高党集体土地股份合作社（果蔬基地），我的确感到很惊讶，十几天前，这个叫"俺家菜园"的，是没有菜苗的园子。现在，一畦畦的菜苗，正在水灵灵地长着。另一边种菜的人，正在忙碌着。这些菜我也叫不出名字，好在地头上都有标明的牌子，什么彩椒曼迪、彩椒黄太极、彩椒红太极、先锋长茄、生菜克娜、紫油菜、小番茄摩斯特等等，别说让我叫出它们的名字，听也是第一次听说，千奇百怪。只是照片上的模样儿，似乎见过。我问正在种菜的人："种的是什么？"他们回我："不知道。"

　　"有这个菜名吗？叫不知道？没听说过啊！"

　　地里一片笑声。

　　技术员正在他们中间指导，说怎么怎么种。

　　我们在"俺家菜园"西园门，见到了高党村"编外村民"管超。这位新提拔为魏集镇的副镇长，已经去报到过了，现在还坚持在高党工作。他说组织上要求他必须再坚持一段时间。他站在"俺家菜园"门口，好像这菜园，真是他家里的菜园。

出了"俺家菜园"东园门，见园门前和东西两边新铺的柏油路，油黑，平坦。我们才走到商业一条街的北首，就走不开了。我被朱勇拦下了。

朱勇指着刚装修好的门面对我说，这是一条南北街，当中一条东西街，都要打造成这样的。

我看那店额上写着：二姐炒货、老北京爆肚、特色小吃、高党小鲜羊、徐州牛肉米线、老睢宁臭豆腐、农家果园……一溜排开，的确比提档升级前的门面房，要时尚气派得多！朱勇说，这两条特色街做好之后，南面要做一个阳光生态餐厅，里头可见高党土地上所有农作物和果树。这里存放着故乡的记忆、故乡的声音，存放着浓得化不开的乡愁，是以农耕文化为特色。我的一位亲戚，从上大学开始，就没有回过老家，30多年啊。春节前回来了，天也晚了，要吃老家睢宁豆腐，我在睢宁各个饭店也没买到，都卖完了。只好第二天早上，带他去早点铺子吃，一盘热豆腐，浇上红辣椒青辣椒，他一边吃，一边说这就是我小时候吃的味道！我想在高党打造一条睢宁豆腐生产线，让游客自己体验生产过程！他们吃完了，少不了还要带回家，给亲戚朋友分享！北面要引进少数民族的饮食文化，给你做烤全羊，演绎一整套蒙古礼仪，为你唱祝酒歌，估计这一套下来，一位游客至少要喝半斤白酒。要举办故黄河乡村传统婚礼文化节，要举办大型高党美食节。然后，他问我，你有什么想法？我说从县城开辟一条来高党的农班专线，一小时一趟，无论县内的还是县外的，坐上高党专线，一律免费，并在车上发给游客免费观光牌，凭这个牌牌，餐饮、住宿、采摘、购物一律打折优惠。如果要从这里去房湾湿地，去岠山风景区，只要再返回高党的，依然免费接送！

　　朱勇说，这个好。旁边有人说，这个好。我说，当然好。宋之昌说，真的好。

　　朱勇对旁边的村民说，我们不仅在这里开办店铺，打造特色餐饮一条街，还要把技术、经营教会给高党村民，我们走了，你们自己可以照样干下去，把腰包鼓起来。我说，你这是把致富的高端芯片交给高党了。朱勇说，高党人要有自己的芯片，叫高党芯。到时候，高党的姑娘不愿意外嫁，在家里招女婿。外村的姑娘会"倒贴"嫁给高党的小伙子，否则她进不来，成不了高党人！

　　朱勇说他要去忙了，让我中午来他这里品尝小吃。他说刚开业时，他的朋友从微信里看到了，星期天，专程带人赶来高党吃小吃呢。

　　我没等到中午，就坐在特色小吃店了。于是：

　　杂粮稀饭来了。

　　北京爆肚来了。

　　锅贴来了……

　　我愣住了，说这怎么吃得了？随口我问她们，你们都是本地的？她们说是的。我又问原先是在外地打工的，现在回到家乡来干了，是真的假的？她们说，这还能假？是真的！

　　我心里突然又冒出来一句话，高党人果然开始智造自己的乡村振兴芯片了！

他们俩眼噙泪水

　　如果说高党人打造自己的芯片，是乡村振兴中必然的作为，那么我做过的一个梦，就显得不可思议了。

　　宋之昌说，高党到处都是花，你看看，你看看。

　　我说是的。真美，到处是花。

　　我们是站在村书记王万里家对面说的话。我对宋之昌说，再过个三五年，树都长起来了，果子也结得多了，高党就是一个花果园了。

　　宋之昌说，那可是。我对宋之武说，今晚住在你哥家的高党民宿？

　　那还不好说吗？你到村部登记了吗？说完，从身上掏出一大串钥匙，向我晃了又晃，说，都在我这里，你说住哪家吧。

　　所有的民宿房的钥匙都在他身上了。

　　这时，王万里走出来了。原先，我就住在他家的楼上。我们打过招呼后，我说我要住民宿了。他说那个档次比我家的高，高档（党）的。

　　宋之武说，你知道村部有一幅字，是怎么写的吗？

　　怎么写的？

　　高举党旗跟党走。这就叫高党。

宋之昌就在地上比划字，说字是这么排的，正好把"高"和"党"两个字，上下排在一起了。

这是他们对今天高党新村的注解。

宋之武说，这谁想起来的？真有才！

我和宋之昌，就往他家的民宿房走去。

我直接上了二楼，在那一间大床房，直直地把自己摔在床上。

我突然感到疲惫。才想起来，昨夜没有睡好，一夜因为稿子的事，失眠了。现在就想放松一下，好好地睡一觉。

我把窗户拉上，又把枕头放好，关上了房间门。

迷迷糊糊中，房门被宋之昌推开了。他摇了摇我说，别睡了，快起来！宋之领和宋永德回来了。

我一个机灵翻身下床，你说什么？

就在村口，快下去看看。

我一阵风似地飘下楼，问宋之昌，人在哪里？

宋之昌说，你往商业街十字路口看。

我看到穿着白上衣蓝裤子的两个少年，脖子上还系着红领巾，长得十分匀称，一头黑发在阳光下闪亮。

我说只看到两名小学生啊。

宋之昌说，那就是他们俩。快去！

来不及多想了。

我向叫宋之领和宋永德的两个少年走去。宋之昌告诫我，见了他们，别说话，你只管跟着看就行了。他们不认得你，认得我。我躲在你身后，不让他们看见。他们要是看见我，抓住我的手，我就走不出来了。

大街上一片灿白灿白的阳光，一个行人也没有。所有的店铺都关门了。四下里静得一根针掉在水泥地上，也会砸出一阵雷声。

宋之领挽着宋永德的手，站在才装修好的店铺门前，抬头仔细地看着。我突然发现，他们俩虽然不说话，却有两行亮晶晶的泪水，从脸颊上滚落下来。他们也不去擦，任由泪水滑落。宋之昌就在我身后拉拉我，示意我别出声。

我不会出声的，尽管我感到不可思议。他们走时不都是五六十岁了吗？如今是怎么变回少年又回到高党的？是想念乡亲们了，还是来看当初他们为之打拼的梦想，变成现实了？或者这现实比他们当初的梦想，还要美丽得多，乃至让他们禁不住潸然泪下，让他们哽咽无声？

我追随他们的身影，走进了村幼儿园，走进村部，走进村史馆。他们俩手挽着手，抱着那棵老桑树，量了又量，好像量它又长了多少。亲了又亲，好像是久违了的亲人。他们走上了百姓大舞台，在上面跳了又跳，才走下来去了服装厂。

这么走了一圈后，他们又返回身，向商业街的北门走去。他们的脚步很轻，几乎发不出声音。他们这么走着，并不回头看，似乎根本不知道在他们的身后，有我和宋之昌跟着。

出了北大门，就是果蔬生产基地。他们从菜园中，沿着弯曲的半米宽的石板小路，去辨认那些牌子上写的字。他们大概也不认识那些正在生长的蔬菜，只好通过文字来了解它们。是的，他们走时，既没有这个菜园，更不会有这些品种。

在北大门入口处，在那高大醒目的雕塑前，他们停了下来，对着那座雄伟的过街牌坊出神。

意想不到的事情发生了。突然，全村的男女老少从村庄里涌出来，一齐向宋之领和宋永德飞奔而来。也就一眨眼工夫，就把他们围在了中间，连我也被裹进去了，想挤出人群也不可能。他们有的拉住他们的手，有的抱着他们的腰，齐声声地问他们俩好。要拉着他们再回到村里去，全村的人陪着他们喝一杯！他们俩抹着泪水，一直傻笑。其实看着村民们欢呼，我只能看见表情，听不到声音。我去找宋之昌，他也不见了。只好大声喊他：

宋之昌！宋老师！宋校长！宋大哥！

吱呀一声响，宋之昌把我拍醒，说老弟老弟，你做噩梦了？

我睁开眼一看，宋之昌正焦急地望着我，站在床前。

我正要喊你去吃午饭呢。你怎么在这里睡着了？我在门外就听到你喊我了。

我回忆起刚才那个梦，说我梦见宋之领、宋永德回来看高党新村了，拉住大家的手不放！

什么？你又不认得他俩！宋之昌惊讶极了，说你真的做噩梦了吧？

真的梦到了。他们俩变成了两个少年，系着红领巾，刚才来到高党了，大家都去看他俩。

你神经出问题了！他们俩一前一后走了有两个年头。村里人想他们，倒是真的。

我怅然若失，心心念念、恍恍惚惚地跟宋之昌下了楼。

高党一日

一

南京。上午九时许。

省委、省政府大门从出租车窗外，一闪而过。我看见了面容严肃站姿挺拔的岗卫，心里一动！这里是全省人民正在搏动的心脏啊。

这时，我听见师傅在问我："听说，老家农村正在搞拆迁？"

上车时，我与出租车女师傅交流时，刚一张口，她脱口而出说："你是睢宁人？"

"对啊。"

"我也是睢宁人。"

"呵呵，这么巧？"

"嗯嗯，听说老家姚集高党村，盖得很漂亮！"

"是的啊，漂亮的不得了！"

"再干几年，回老家住去。"

"你来南京几年了？"

"17年了。刚来时，在工厂里打工，工厂倒闭了。我去学开车。我问教练，我能学会吗？教练说，你去问问那些开出租车的。我开过三轮车，有些经验，那些理论不会的，就死记硬背。结果考试，一次就过了。我做梦也想不到我现在能开出租车。"

"不错啊！"

"我在南京，有了车，也买了房。可是，我想再干几年，干不动了，让孩子干，我就回老家住去。种种菜，逛逛街，跳跳舞，多好的日子，比在城里好多了。"

"老家的空气，你在南京呼吸不到。"

"是的。"

出租车向汽车南站急驰。

二

同一天，同一时刻，睢宁县委正组织有关人员在姚集镇高党新村进行乡村振兴调研。

这一天是 2018 年 3 月 29 日，蓝天如洗，碧野无际，菜花金黄。错落有致的高党，像一位端庄的姑娘，亭亭玉立地站在故黄河畔。

调研的人们首先进入的是高党新村北入口，绿树挺立，新叶吐翠。高党人说，乡村生态休闲旅游是高党振兴的特色所在，北入口是主入口，是高党迎接远方客人的一张笑脸，一定要"靓"起来。游客从一下车开始，映入眼帘的除了村民热情的笑脸之外，就应该是乡村独具的美丽风景，感受到身心的清爽愉悦。我们要精心保持并打造好乡村特色风貌，不要生搬硬套其他地方的模式，坚持从自身实际出发，打造出有自己特色的乡村风光和旅游产品，创出属于高党的旅游品牌。

陪同调研的姚集镇、高党村负责人，边走边介绍高党未来振兴的规划设想。县委书记贾兴民说，新村规划是发展的蓝图，要尽量体现乡村风情，尽量减少人造的痕迹，既要有景观效应，也要讲经济效益，花最少的钱，出最好的效果。现在高党新村是"全国美丽乡村示范村"，未来要努力将它打造成"全国乡村振兴示范村"。而我们的全国乡村振兴示范村，除了要围绕二十字方针，还要有自己的重点符号，比如党建！以抓党建促振兴、带振兴、领振兴，把电子商务引进乡村振兴。

在家庭农场里，来调研的同志说，要创新农场运作模式，发展"共享农场"。（这不是在南京开出租车的睢宁人的梦想生活吗?）在本社区居民自给自足的基础上，面向游客设置富有体验性、趣味性的采摘项目，开发盆栽蔬菜、多肉植物等产品，并把现场售卖与网上销售结合起来。可以多建几户农家乐，自助经营民宿，让游客吃自家种的放心蔬菜，住在村民家中，感受农村古朴自然的生活气息，感受传统的故黄河乡村风情。

调研组来到二区三组宣传栏前，与"网格长"老王亲切交谈，询问网格内贫困户情况，了解社区网格化治理工作的开展和绿化、保洁情况。贾兴民和老王说，"网格长"要切实履行好职责，对自己网格区域内每家每户的情况都要了解清楚，当好服务员和管理员，让网格成为治理有效的活力单元。

大家走进商业街上的一家茶吧。茶吧主人就是村文艺演出团的团员叶玉梅。人们对乡村茶吧很感兴趣，纷纷鼓励小叶老板要搞好经营，做好自己的特色菜（小叶老板请大家一定尝尝自己手工包的素饺子，说这些饺子馅全部是采自高党田野里的），提高服务品质，争做"先富起来"的表率。小叶真的很高兴，想起前几天，镇长卜青青还询问她近来的经营情况，有什么困难需要帮助解决。今天，县委书记又亲自光临她的茶吧，更是满怀喜悦。她想和县委书记合张影，挂在她的茶吧里，告诉以后来的游客，这间茶吧，就是在这位和蔼可亲的县委书记关怀下，做出别具一格的高党特色的。

在果果猴会员店里，来调研的同志对工作人员说，要大力发展互联网＋农业模式，通过互联网销售带动传统农业转型升级，着力打造自己的特色品牌，拓宽农民增收渠道，促进农村集体经济发展，尽快把高党建成一个"互联网"的村庄。

正在甜油坊晒油的李师傅，一抬头看见调研组来了，立刻迎了上去，说高党多亏政府的关心，要不然，我的甜油坊也不可能开得这么好。大家开心地笑了，详细询问他的生产过程和经营情况，鼓励他进一步扩大甜油的生产规模。以前，甜油是为皇帝造的，现在要为全镇、全县乃至全国普通老百姓造，让他们尝到高党甜油的鲜美，让大家感受到新时代的美好生活。这样，高党村集体和农户就实现了双增收。

刘言海的家是高党的党员家庭、五星文明户。调研组走进刘言海家中的每一个房间，实地感受新居的舒适和安逸。他们特别询问了刘言海82岁的老母亲的食宿情况，祝福老人家身体安康长寿。并交代社区负责人，一定要把孝老爱亲典型树起来，户户争当尊老、敬老、爱老模范。调研组离开时，老太太和一家人热情地留他们在家里吃饭，当一回客人加亲戚。大家高兴地说下次一定会来。

在村综合服务中心，调研人员听取了智慧高党大数据平台介绍，查看网上阅读平台使用情况。大家切身感受到智慧高党大数据平台是一个非常实用的工具，说要做好数据的采集，利用大数据便民惠民。

高党新村的党员群众代表、致富带头人、老教师代表等人参加了座谈会。大家有说不完的感受，有讲不完的美好希望，有建议，有思考。贾兴民当然更加高兴。他充分肯定了高党新村建设取得的突出成绩，也指出面向新时代，对照新要求，高党还有很多不足，要紧紧围绕"二十字方针"总要求，发挥党建引领作用，突出农村电商发展特色，把睢宁元素加得足足的，同心聚力打造全国乡村振兴示范村。

三

我们再来近距离认识一下，这天县委调研组在高党新村调研时与之交流的几位高党村民。

我们先来认识卢雪花，她自拍家乡的小视频，2018 年 3 月 17 日，通过央视新闻频道，向全国乃至是全世界观众播放。

这是谁也没有想到的。不仅高党新村的人、姚集镇的人，全县的许多人都在下载转发这段视频。

央视主持人说睢宁姑娘卢雪花向全国观众分享了姚集镇高党社区农民居住环境变化，让村民们越来越有获得感、幸福感！

央视主持人是这样介绍的：

> 视频拍摄地是江苏省睢宁县姚集镇高党新型农民集中居住区。在没有进行集中居住前，高党村布局零散，村民居住杂乱无章，村内闲置大量宅基地、废地、汪塘等。
>
> 因基础设施配套欠缺，村民环保意识不强，村民居住环境恶劣。村内有部分板材加工企业，有区域小集市，但受条件所限均兴而不旺。
>
> 2014 年 8 月，借黄河故道综合开发之势，呼应群众之声，统筹百姓民生、美丽生态、经济提升、社会效应各方因素，高党集中居住区建设启动。
>
> 新集中区占地 200 亩，通过集中居住增加耕地 500 亩。

　　高党集中居住区由清华大学设计院规划设计，内有幼儿园、社区服务中心、老年公寓、红白理事堂、居民游园等。同步规划商业街建设，方便群众生活，最大程度来满足群众生产生活需求。

　　小区内监控无死角全覆盖，引进专业化物业公司，实施科学规范化管理，促使小区秩序井然。

　　高党集中居住区还有三个亮点。

　　它是全省第一个利用农村秸秆和牲畜粪便发酵供气的示范小区。在小区西侧建设了沼气站，供应700户居民使用，居民用气比县城每方至少便宜两块钱，发酵后的沼气渣又可作为有机肥回田利用。

　　具有田园特色的家庭农场。规划每户集中一分地，统一建设农机具堆放点和蔬菜自给园，统一管理，满足群众农具堆放和蔬菜需求。

　　做好历史文化传承。建成的集中区将保留部分具有代表性的古建筑，建设高党村史馆，收集高党元素，进一步记录高党历史，传承优秀文化，记住浓浓乡愁，让高党的历史与现代，相通相融。

　　这样的集中居住区，睢宁还有很多。比如梁集刘祠集中居住区，王集苏塘集中居住区，姚集杜湖集中居住区，梁集景湖集中居住区等等。每个集中居住区，都有自己的特色，因为当地有种植槐树的历史，魏集的徐庄、戴庄居住区还被赋予了"湖畔槐园"这样一个雅致的名字。2017年，双沟镇官路社区、姚集镇高党新村，分别获"全国十佳最美乡村"、"全国美丽乡村示范村"称号。

　　新型农民集中居住区的建设，只是睢宁县实施"乡村振兴"战略的一个缩影。

2018年初，睢宁县在全国各县（市、区）中率先印发了《关于推进乡村振兴工程三年行动计划加快实现农业农村现代化的实施意见》，全面落实"产业兴旺、生态宜居、乡风文明、治理有效、生活富裕"总要求，围绕打造新时代中国特色社会主义新农村的睢宁样板，重点做好集中居住区、功能内涵提档升级、城乡融合发展、农业体系完善、生活环境建设、农业专业人才培育、富民增收等方面工作，力争到2020年，把全县农村建设成农民朋友幸福的新家园、城市居民向往的栖息地。

"村里有了社区，大家住得更集中了，那规范化经营、基建改善、土地资源盘活……就都到手边了！"在小视频里，卢雪花边拍边介绍说，她住的小区超有感觉，超赞的，她妈妈在百姓大舞台跳舞，小区文化艺术团每逢重大节庆日，都会有大型演出。最为特别的是那个村史馆，收藏着村里遗存的乡愁，每天有人来参观。央视主持人很感叹，说高党真是很高档！仅用三年时间，村民就住进了美丽的小区，能不高档吗？

卢雪花是位学日语的女大学生，在南方打工，现在是回到老家的新母亲，小女儿才刚满8个月，爱笑，一笑就露出刚刚才长出的两颗小乳牙。

我好奇地问卢雪花，小视频是你自己拍的？

是的。

你拍了多长时间？

拍了好几次。

怎么让央视知道的？

我也不知道他们从哪得到的？

你没发给他们？

我发朋友圈的，发了好几段。

我打开手机，给卢雪花看了央视上那段她拍的小视频。卢雪花一笑，说我拍的我还用看吗？我接上去说，你是高党新村的一名普通女村民，你拍的视频上了央视，你想，全国有多少农民拍过家乡的小视频，又有几个上过央视？你让更多的人认识了高党，认识高党有一名叫卢雪花的年轻女村民。卢雪花显然更加高兴，她站了起来，把我带到店门口，说我家开家电门市，以前就开着，是我爸妈开的，一年能挣多少钱，我也不知道，我只是一边带着小孩，一边帮忙看一下。这店后面，紧邻的第一家，就是我们家的房子。你看，村里这么漂亮，这么干净，多好啊！我说，你在南方打工时，看到了那里的农村很美丽，人家有经济基础啊。现在，高党新村超过了他们，能不高兴和自豪吗？卢雪花说家乡这么好，我就是想叫人都知道。我说，你说的普通话很好呀。卢雪花说我以前考过普通话，在外打工时，还当过培训老师。我说，等你孩子长大了，可以当幼教老师，在家里一边带孩子上幼儿园，一边当老师。卢雪花开心地笑起来，说带她一边长大，一边当老师。仿佛她马上就要去当幼儿教师，马上看到自己的宝贝女儿长大了，会唱歌会跳舞了。她的宝贝女儿在她的怀中，老是在笑，老在发声，只是不知道她咿呀咿呀地想向客人说什么。

我说，看你这门前的大花园，以前你家门前有吗？

卢雪花说，怎么可能！这地方位置真好。

百姓大舞台也没有啊。

没有。今年村里春节联欢会，台上表演旱船的就是我妈妈！

　　王敦萍原本在村艺术团准备参加一个演出活动，手机突然响了，村里通知她回超市把门打开，县委调研组要去看望她开的小超市。这把她吓了一跳，一个小超市，有什么好看的？她不知道，这一条商业街上，每家每户，他们都要去看看。

　　她刚把超市店门打开不久，调研组一行人就走进来了。事后王敦萍对我说，她一看这架势，身上的汗立马下来了。她没见过这种阵势。这来的可是以前的县太爷呀！

　　"你的店开的怎么样？"贾兴民亲切地问。

　　"能怎么样啊，小超市！"她回答。

　　这个小超市，并不是她的主要经营项目，她家庭主营的是羊场，买羊、卖羊、养羊、杀羊。自配饲料，自主经营，年收入十多万元，开个小超市，基本上算是开着玩的，门面房闲着也是闲着，开个小超市打发多余的时间，并不寄托挣多大钱的希望。如果忙了，或艺术团有活动了，她就把小超市给关了。

　　贾兴民问她："收入怎么样？"

　　她如实回答，不多啊，一个月收入一千多块。

　　贾兴民听了，说："也还不错，慢慢发展，会更好。"

　　这时，有人说，王敦萍还有自家的羊场，羊场是她的主业。

　　"哦！那你养了多少羊？"

　　"200多只吧。平时也买羊也卖羊。"

　　"这个好啊，得大力支持你！"

　　王敦萍想告诉贾兴民，她的目标是养400—500只规模，正需要支持呢。但她没说，她甚至连一杯水也没拿给贾兴民，更别提让贾兴民坐下来了。她一听贾兴民喊她"王经理"，就更加不安。我还是个经理？她看着调研组走出她的小超市，自己在心里问自己。

　　是的又会怎么样？她现在不就是一个羊场老板吗？

在高党村，80 岁以上的老人有 70 多位。而这个村总人口才 2 300 多人。仅凭这一点，就足以让外地游客感到新奇而又神秘。这个村子里怎么会有这么多长寿老人？这是一个地地道道的长寿村。如果为这 70 多位 80 岁以上的老人举行一个庆寿宴，一溜坐下，身穿大红袄，胸挂大红花，那该是怎样的一幅令人震撼又幸福的场面啊。宽敞漂亮的高党新村老年公寓也即将落成，就坐落在村南生态园旁边。走不了多远，就是清凌凌的故黄河，一个宜居长寿的好地方。

其实，每天早晨，随着阳光照进门前的花园，吱呀呀打开大门的老人，都会坐在门前享受这温暖的阳光。一对老太太正在门前闲话，时不时的你一句我一句，有时又互相望一眼，什么也不说。如果有外地游客过来问她们，老人家高寿了？一个会说，小哥哥，90 多了。一个会说，我今年 83 了。你若再问，早饭吃了么。她们会说，没吃。

怎么不吃呢？

没法做。

怎么没法做啊，自己不能做吗？

有电不会使，有气不会用。

两位老太太说完，自己也慈祥地笑了。

是的，她们大概真的不会用电用气，也可能这顿早饭真的不吃了。但她们很平静，很平和，仿佛这顿早饭，吃和不吃，对她们并不重要。她们已经习惯了今天的生活节奏。但你也千万别全部相信她们会真的不吃早饭。她们的话，是对新生活另一种惬意又快乐的注释，以她们喜欢的表达方式。她们在有生之年，赶上了高党新村的新时代！一个让她们更长寿的新时代！她们由衷地感到幸福！她们说，无论如何，也要争取多活几年。

在高党一区里，一位老太太正在收拾自己的东西。我问她说，前天县委书记来看你了？她说，大哥啊，县委书记，那个哥哥我认得，人可好了！你再问她，你高寿了，名字叫什么？她说我 80 大多了，不知道叫什么。旁边宋之昌也笑，会提醒她，你叫朱凤英，你老头叫宋之彦。你儿子叫宋尚德，你儿媳妇叫吴荣彩。她好像是才明白过来，说是的是的。然后说，儿子好，儿媳妇好，"八摇"地想法照顾好我。"八摇"是土语，相当于"想尽一切办法"的意思。她说儿媳妇对她夏买单的冬买棉的，断不了老人家的零花钱。逢年过节打工回来，买菜买肉都是他们的。搬进新村住时，有人问老太太儿子，你要不要一间板房，给你母亲住？儿子一口回绝，母亲住在新房里，我不住也得给她住，住什么板房？她一把屎一把尿把我养大，我怎么能叫她出去住，这不是想叫人背后骂我吗？

呵呵，这儿子儿媳妇就让村里人竖起了大拇指。过好过赖是本事，孝不孝顺是良心。村里人过的是有良心的日子。他们的做法，和五好家庭刘言海是一样的。他的母亲和他们生活在一起，他媳妇把婆婆照顾得无微不至。一家人充满了快乐和幸福。

在高党新村，穿得干干净净的老人，是一道令人愉悦的风景。如果你走近他们，无一不是对你十分热情，让你做他们的客人，与你拉起家常话。他们愿意与陌生人，分享高党新村里的快乐时光。

调研组看望的刘言海的老母亲，今年 82 岁了。此刻，她身后的房门半开着。门前的杏花开得正好，枇杷树枝头抽出新鲜的芽叶。老太太穿着大红的衣服，她不是坐着，而是站在春天的晨光里，像是一朵盛开的火红的石榴花，也像是一团在燃烧的火焰。是那种慈眉善目、利利索索、一看就让人喜欢的老太太，让阳光尽情地洒在她的身上。她面前的小花园里，花花草草看着她。有人问她，刘言海在家吗？老太太就说，大哥哥呀，都不在家，去服装厂、板材厂上班了。再问什么时候在家？老太太回答说，晚黑就会都来家了。问的人走了，老太太还是站在杏花树下，看着那些花花草草出神。

在高党新村，清晨，需外出的人，比如买树挖树的，搞运输的，去板材厂、服装厂、农业公司的，都出门了，早晨的静谧被打破之后，很快又恢复了宁静。但也仅仅是不多会儿，去生态园的，去保洁的，去侍弄花草的，去村电商平台的人，都陆续走出家门。他们当中，年龄最大的已经六七十岁了，他们感觉出门干活很快乐。没有年轻人，或者年轻人很少。偶尔看到年轻人，也差不多是刚当上妈妈不久的人，或在村里开商店当小老板的人。过了早8点，村子里会安静到9点左右。过了这个时间段，来参观学习的、来旅游观光的人，就陆续到了。有时来一拨，有时来几拨。临近傍晚时，村子终于安静了。但晚上，百姓舞台的广场上，会有村民在"舞动乡村"，他们早上不会去，因为早上的时间太有限了，起床、早饭、上班，时间没了。

当该干活的人都出动之后，有的人家会锁门，有的门也不锁，不锁的家里却没有人。有人的就像刘言海母亲这样的老太太，在门口慢腾腾地享受着时光。或者新妈妈带着小宝宝，嬉戏在新村的小巷花园里。

刘言海在板材厂上班。

他媳妇潘荣莲在村服装厂上班。

他们有两个儿子。大儿子大学毕业，结了婚在镇江工作。小儿子正在读博，也结了婚。晚上，老太太坐在沙发上，儿子刘言海坐在她对面，潘荣莲的手机突然响了起来，她立即接通，问了一句："想奶奶了吗？"

原来，她是和二儿媳妇在视频通话，视频里的小孙子才八个月大。她先是自己开心地看了一会，大概把想说的话说得差不多了，又把手机递到婆婆手里，然后弓着腰，教婆婆怎么对着手机说话。老太太当然高兴啦，但对着手机，不如她儿媳妇说得流利。可是，潘荣莲实际上是大字不识一个的农村妇女。刘言海说，她玩手机玩得可溜了。问潘荣莲不识字怎么玩的，她说我用语音。

潘荣莲和她婆婆对着手机也是对着远方开心地笑着。

刘言海是高党村地地道道的群众，一不是村干部，二不是党员团员。但刘言海是县人大代表！他们两口子在村子里是有名的好脾气，没有谁见过他们和左邻右舍吵过闹过争过，有什么可争可吵的？和和美美地过日子，多好！

让刘言海佩服和尊敬或感激媳妇的是，那次老太太不小心摔倒了。潘荣莲当时正在蘑菇厂上班，听说老太太摔倒了，立马请假回家，把老太太直接送到县医院，又是拍片子，又是陪着吊水。看着老太太会伤筋动骨一百天，一天两天出不了院回不了家，刘言海在板材厂又分不开身，她干脆把工作辞了，安心照顾住院的老婆婆。这件事感动了全村人。

一个大字不识的潘荣莲对待婆婆，不是亲妈，胜似亲妈。刘言海没有什么手艺，除了有点力气，别无所长。所以，他坚持在板材厂打工，是家庭生活一个稳定的支撑，是不可以马虎的，稍有松懈的。而潘荣莲就要肩负着上照顾婆婆，下抚养好两个儿子的责任。一边要当好儿媳妇，一边要当好母亲。孩子在县城上学期间，长达七八年的时间里，做妈妈的就全身心地当了陪读，一个大字不识的她，竟然培养出了一个大学生、一个博士生！村里人说，这都是她孝敬老婆婆积德"积"来的。这话有点道理。和睦家庭出人才啊。当孩子一个大学毕业，一个读博时，基本上不用当父母的再花什么大钱了，潘荣莲才喘口气，又到村办服装厂上班了。家门口打工，可以照顾好老婆婆。也许，就是这样，才赢得五星家庭荣誉的吧。

高党村启动拆迁的时候，刘言海在他们小组，是第一个主动带头拆迁的。也就是在这个时期，他的母亲摔倒的。夫妇俩仍然没有任何怨言。搬迁新居后，夫妇俩想让母亲住楼上，老太太不同意，说上下楼不方便。于是，刘言海就在一楼给老太太精心准备了房间。有人曾说，刘言海你两口子整天在外打工忙，还不如把老人家送到敬老院去吧。刘言海说，这怎么行，这个不行！

记得陈克波也说过，有人也劝过村里另一位村民，把家里老人送到敬老院去，遭到坚决拒绝。这令他很感动，认为这才是作为人子应该做的。而刘言海和潘荣莲对待老人的孝心，的确是高党新村的新风，怡人之风！

刘言海的老母亲是幸福的。

刘言海一家是幸福的。

他们一家所有人，包括那个才8个月大的在吉林的小宝宝，更是幸福的。

高党新村是幸福的。

高党新村服装厂，是村里引进来的第一个加工企业。它的右侧，是篮球场、足球场，对面是一字排开的村部、村史馆、卫生室、幼儿园，左侧是百姓大舞台和村艺术团的排练房。地点优越，设施完备。卫生室和幼儿园比起镇级的卫生院和中心幼儿园毫不逊色，甚至在某些方面还有超越。一个南通的服装厂，选择了高党新村作为他们新的生产基地，不用说，这是别具眼光的战略考虑。他们发现了这里得天独厚的优势。用服装厂总负责人陈勇的话说，是他们黄总经过反复考虑，最终拍板定案的！

陈勇长得很帅，今年才 41 岁。他不是大学生，是名高中生，但他有自己创业开服装厂打拼七年的经验。说到这经历，他笑着说，不好意思，我失败了。失败又算得了什么呢？谁也没有说在创业的路上不允许失败。失败不是成功之母吗？有了失败的经验，就可以规避以后可能出现的更大的风险。陈勇进入这家服装公司继续开始人生打拼的时候，是负责生产管理，这就用上了他七年创业的实战经验。

陈勇说，决定把新的生产加工基地放在高党新村，是黄总的决策，正迎合了乡村振兴的大好时机。他说他们的公司在上海、在日本都有服装生产加工基地，但仍然无法满足总部的订单任务。为了适应市场和客户日益增长的要求，黄总决定在睢宁再扩展一个新的生产基地。

那么，这个新的生产基地选在哪里合适呢。或者说，在哪儿办能够满足事业发展的需要呢？

2017 年，黄总带着陈勇等人外出考察。大概从这个时候开始，黄总的心里，已经考虑把新的生产基地交给陈勇来打理，他已经具备独当一面的能力了。至于陈勇有没有感觉到呢？想必他感觉到了。商人的眼光和嗅觉，从来都是敏锐的，在这一点上，不会输给诗人、文学家，或艺术家的。

三月初的春天，大地复苏，万象更新。他们在睢宁县考察了经济开发区，考察了魏集镇、古邳镇。到了中旬，他们来到了姚集镇。他们在比较，哪里的劳动力更充分，哪里的人更加勤奋、更加热情，条件更加优惠。在姚集镇，他们也看到过一处 5 000 多平方米的大厂房。这样的厂房，他们在一路考察中，见到的也不是一处两处。但总觉得与他们的要求比，缺少了点什么。这个时候，姚集镇领导说，带你们去高党新村看看如何？

据陈勇现在回忆，黄总还没到高党新村里，远远看到那一排婉约气韵的村舍，就喜欢上了。是的，高党的村貌，既有清丽的南国之秀，又有阳刚的北国之雄。安静地铺展在苏北广袤的大地上，你不敢相信这是黄河故道的村庄。高党的美，即使在画家、诗人、作家们的想象里，也没有出现过。这是黄总的第一印象，他的喜悦油然而生。用陈勇的话说，他十分开心！

高党新村的厂房是与新村同时落成的，大约 2 500 平方米，毛坯墙，在等待最为热情的创业者，带给它一个崭新的未来。黄总进一步了解到，仅这一个村不算周边的，劳动力不是问题。他又了解了姚集镇的有关招商引资的优惠政策，高党新村的群众诉求，当天就回去了。然而到了 4 月中旬，黄总又一次来到了高党新村，这里有一根红线，一直牵着他的挂念。他做了进一步的考察调研，于 4 月底再次来到姚集，来到高党，这一次，他把拟好的合作协议也带来了。黄总考虑成熟，决心下定，只欠东风——双方签订协议，打造高党新村的"产业振兴"，为村民脱贫致富贡献一份力量！

一切都很顺利！高党新村迎来了建成后的第一家企业入驻，掀开了历史崭新的一页。如果没有新村，这个企业根本不可能进来。真是高党历史上开天辟地第一回，这是 2017 年春天送给高党新村人的一个大礼包！

这个新的生产基地就交给陈勇全面负责了。

5 月中旬，服装厂开始装修、安装设备。300 万的流动资金也已经到位。原定三个月时间，陈勇用了两个月就完成了全部生产准备工作。

2017 年 8 月 2 日，建军节后的第二天，高党新村服装厂正式开工组织生产。这个时候，进厂员工只有十来个人。陈勇说，先动起来。动起来，人员自然就会陆续进来。

到了10月份，员工增加到20多人，年底，又增加到50余人。但这距离预期招收的200名工人，还差了许多。按照事先的预测，仅高党新村的工人，就可以招收120名左右。因各种各样原因，许多人在外地打工，并未融入服装厂。镇党委、政府及时帮助服装厂解决"招工难"的难题，保证企业正常生产。现在，服装厂已经有近百名员工了。

据陈勇的介绍，服装厂也在自压压力，增加招工宣传力度，他自己带着员工，走上招工第一线。政府为企业发展解困，企业也要发挥主动性。原来开了3条生产线，2018年春节过后，正月初八，增加了第4条生产线。到了3月份，员工达到120人，准备开工第5条生产线。预计2019年可达到满员生产，每年创造产值15 000万元。在家门口打工的高党新村村民，月工资可以保持在3 000元左右。工资从不拖欠，年节有福利。记得刘言海说，他的媳妇潘荣莲就在服装厂上班，一切都感觉很好。尽管比在南方打工挣得少点，可是她在家里还要照顾老太太，她能去南方打工吗？潘荣莲自己也说，我不如年轻人干得熟练，他们拿的比我多。可现在在家门口打工，什么都不耽误，已经非常不错了。

刘言海就说，还是新农村好，没有新农村，这一切想也想不来啊。

高党新村服装厂的管理人员，连陈勇一共四个人，另外三个人一个负责技术，一个负责车间，一个负责裁剪。到什么时候，连管理人员也是高党新村的村民，那么就预示着，高党村民已经上升到一个新的层次了。

卢芬是高党村第一个到服装厂报名上班的女工。说到她的报名，她一脸淳朴的笑意。要知道，她可是有 4 个孩子的年轻母亲，在家门口打工，是件多么求之不得的幸事。

卢芬在结婚前，专门认了师傅学裁缝。学成之后本想开个裁缝店，结果只能在家里接点做拖鞋之类的来料加工。结婚后，她前两胎生的都是女儿，就想要个儿子。然而意想不到的是，第三胎是对龙凤胎。家里大大小小 4 个孩子，别说去外地打工，就连去附近板材厂打工，她也脱不了身，挪不了步！她只有两条腿，可 4 个孩子有 8 条腿，牢牢地把她给缠住了。

村里引进了服装厂，她暗自高兴。她必须去打工，否则仅仅依靠老公一个人去挖树苦钱，是远不够家庭开销的。

服装厂开始招工了。这是真的假的？卢芬去打听，消息确定了，她立即报了名，而且是第一个！

卢芬有缝纫基础，是一名熟练工。上班之初，月工资可以拿到 3 000 多元，后来上升到 4 000 元左右。服装厂很信任她。没有理由不信任她，她真实、朴素、肯干、热情。她还要教那些新来的女工。她说新来的女工不熟练，做不出量，要带会她们。为了保证新工人的收入，在工资福利上，厂里都贴钱向她们倾斜，为的是把她们留在高党，留在家乡就业。她说，要是没有村里的服装厂，我也不会有这一份收入啊。乡村振兴真好，集中居住真好。每天中午在厂里吃完饭，我都会抽点时间跑回家里一趟，哪怕只看一眼，看过了放心。那两个小的，就在村幼儿园里上学。和其他孩子一样，放学了就会跑到服装厂里来。和我一样在厂里打工的姐妹，都是这样。

现在，来厂里打工的人，越来越多。人越来越多，我们的希望就会越来越大。卢芬就这样开心地说着。

梁婷，24 岁，高党村三组村民，低收入户家庭，母亲去世，父亲在板材厂打零工，弟弟在外地求学，之前一直在县城打工，今年春节服装厂招工，就到服装厂上班了，每月工资近3 000元。梁婷说，回家上班原因很简单，离家近，能照顾父亲，这个收入在镇里生活也是足够的。

张琼，高党村一组村民，原籍贵州，嫁到高党村之前一直辗转各地打工，今年春节到服装厂上班。张琼说，年龄大了，身体也不好，一直在外地打工，没有归属感。自从家里盖了新房子就想回来，可是又怕回来没有工作，服装厂开在家门口可把她高兴坏了，既能照顾家人，又能挣钱，一举两得。

舒适的工作环境还吸引了周边村民。

邵云，八一村村民，之前在县城服装厂上班，现在是高党服装厂二组组长，月工资3 500元左右。当被问及为何回来上班，这位阿姨骄傲地说，你看我们八一、高党的房子多好，比县城还好，出门就是黄河、水库，以后等旅游发展起来，我们那环境多美，谁不想在这样的地方住着。

陈勇说，日本客商来工厂检验样衣，日本对于出口商品的检验是很严格的，这说明高党服装厂生产的产品质量足够硬。生产计划表排的也是满满的，销量也是杠杠的。

高党人相信在不久的将来，更多像高党服装厂这样的企业会建在家门口，高党人的腰包会越来越鼓，幸福指数会越来越高。

盛会高党

县委、县政府组织在高党新村调研乡村振兴情况之后，2018年5月18日下午到晚上，高党新村一片忙碌，他们在做最后的完善，明天全天，县四套班子领导，部委办局，各镇、街道园区主要负责人、已建和在建集中居住区村支部书记，以及有关单位负责人在高党新村召开全县乡村振兴现场会。县委办公室主任艾丹告诉我说，上午参观学习，下午观看高党新村农民文艺演出团演出和举行经验交流会。这是一次从全国美丽乡村示范村向全国乡村振兴示范村迈进的规模前所未有的盛会。

这必是睢宁县乡村振兴历程上一次极具重要意义的方略部署。我所知道的是，高党为了迎接这次会议，做了充分的准备。镇、村有关工作人员，为了把工作做得更加完美，常常加班至深夜一两点钟。高党在这些准备中，一天一个样地迅速变化。变化成什么样，用村支部副书记宋之武的话说："你看了不笑都不行，逼着你笑!"我对他这话特别感兴趣，这句话更能表达人民群众雀跃的心情!

我是在4月18号下午，为了亲历睢宁的这场盛会，提前来到高党新村的。

半夜时分，高党开始沉寂下来。人们伴着梦想和甜蜜，在等着第二天到来。我还在沉睡中，宋之昌的电话就把我吵醒了。他喊我去"老味道"吃早点。等我打开大门，看到满商业街上都是忙碌的人。街道上早被保洁人员打扫得干干净净，还洒上了水。镇村领导干部在做着迎接的准备。看着女镇长卜青青的身影，我想与她打个招呼，问她早上好，但还是忍住了，别去打扰她了。管超的脚步依然叫人追赶不上，邵其亮边走边接听手机。而我熟悉的村、组干部的身影呢？来吃早点的村民、外地来参观的人，都在讨论今天现场会的事，问县委书记贾兴民今天来不来？立即有人说，他肯定会来，他能不来吗？

宋之昌陪我吃完早点就走了。他说早上五点，村里就召集他去开会，问准备情况，交代了当天网格员要做的事项。我走到陈克波的家电门市，他正在仔细地擦拭货架。他说这个必须擦得干净整洁，这是高党人的面子。我也不愿意打扰他，就去了百姓大舞台，那里也准备就绪了，静等着客人的到来。

参加会议的车队过来了，人在北大门前下了车，鱼贯而入向村里走来。我发现队伍里有人向正在向日葵地里的我扬手打招呼，我都看不清是谁，也向他扬了扬手。等到我来到路上，看到是古邳镇官庄村支部书记王敢。我在古邳镇深入生活时认识了他，成为好朋友，我也知道他们村正准备建集中居住区。他不无自豪地说："全村830户，只用了10天时间，820户签了协议，只剩10户没签。10天时间，了不起吧，没吵没闹，风平浪静，和和气气的。你去我们村再看看，我又新铺了一条乡间路，直直的。你为什么不去了？"他好像有许多话要给我说，但只说了一句："宋书记会全力支持我的工作。我该去等他们了。"说完，就去找他同来参会的人了。

"这土地"上行走的，都是忙碌的身影。乡村振兴的春潮，正卷起一朵朵令人兴奋的浪花。

来参加会议的嘉宾首先进行了现场观摩。

　　来听听高党人对你怎么说吧：

　　高党新村南侧，建设 500 亩优质猕猴桃基地，村西侧，发展 220 亩草莓、多肉等高效农业种植基地，村北侧，建设家庭农场、体验式休闲农业基地，324 省道沿线，建设 200 亩向日葵花海，50 亩向日葵育种基地，向日葵花海以西，建设 200 亩稻虾共养基地，向日葵科普基地栽植玩具熊向日葵、紫色向日葵等 8 个品种，未来将与沿河步道、千人钓场、野趣密林、观光火车等一起形成覆盖古黄河沿线 350 公顷，集"食、药、赏、经"于一体的生态休闲观光地标、家庭农场。

　　为了让游客有在自家菜园摘菜的感觉，"俺家菜园"占地 120 亩，分成小区块，种植 20 余种纯天然有机蔬菜，面向游客提供休闲农事体验的旅游功能项目，采摘、称重、结算、农产品追溯全自助，每个区域放置了诚信罐，自助称重，扫码或现金支付。农场实行全监控覆盖，8 个高清摄像头，实现产品源追溯，检测果蔬的安全性。农场内还有孩子们体验垂钓乐趣的小钓场，似乎在说，爱好垂钓的宝爸们，快快带着宝贝们来尽兴吧。

　　高党农场是高党农旅融合发展的拳头产品。其运营模式是"养鱼不换水、种菜不施肥"的鱼菜共生和"蔬菜种在空气中"的气雾栽培、新型无土栽培。池中养鱼，池边种菜，形成了新型种养循环体系，从而实现农业能耗最小化和旅游产出最大化。农场内设有自助餐饮区和草莓采摘 DIY 区，游客在这里既能品尝生态美食，又能感受乡村风情，得到绿色循环农业发展的亲身体验。

　　高党甜油坊用的是古法酿造工艺，是太阳晒出的好味道，晒场占地约 800 平方米，有油缸 150 口，建成运营后年产量可达 15 万斤，产值可达 200 万元，村集体年增收 80 万元，带动 20 余名村民就业。

孝老爱亲，村里养老服务中心共有 34 套养老房，配建自助式餐厅、活动室、康疗室，老年专用双轮椅、躺椅、座椅、防滑垫以及适老安全扶手，在老年房附近，还将建设一批健身和休闲设施。

村里有垃圾桶，而且是 6 个！下一步，将推进有偿回收有毒有害垃圾和可回收垃圾，积分制，鼓励居民进行源头垃圾分类的积极性，提高垃圾分类效率。

4 个一级网格，17 个二级网格，村干部担任一级网格长，党员或群众代表担任二级网格员。党的基层组织建设与村民自治有机统一、紧密结合，寓管理于服务之中，形成自我治理的良好局面。

社区已注册企业 30 家，个体工商户 92 家，全面运营后，可带动 200 余人就业。

高党已有 14 套民宿投入使用，有田园、简约、古典等各种风格，以满足不同客群需求，上下两层 140 平方米，三室两厅两卫，共 4 个卧房，既有标准间，也有豪华单间，可以满足家庭或者单人出游。

先锋乡贤广场展示了医生、高党校长、高党老书记等 20 多位高党先进人物的事迹，展示优秀党员风采，讲述乡贤故事。弘扬凡人善举，见贤思齐，激发投身乡村振兴的强大正能量。

社区综合服务中心设有便民服务大厅、党员活动室、居民议事室、法制服务室、卫生室、阅览室、创客空间等，满足村民各种服务需求。

村史馆记录着高党的过去与现在，承载着满满的乡愁，见证高党这三年来的发展变化。

小布网关注着困难群众，通过线上服务、线下体验运作模式，帮助低收入户创业致富、脱贫奔小康。

游客服务中心为游客提供信息、咨询、讲解服务，来高党吃、住、行、购、娱，都可以在这里得到一站式解决。临时休息、手机充电、购买土特产、借用手推车和雨伞，您需要的，这里都有。

百姓大舞台上村里的艺术团在表演快板，讲述着家乡的大变化，歌颂着美好的新生活。

高党服装厂推动家门口就业，带动高党村及周边村村民120余人就业，吸纳了14户低收入户就业。家门口挣钱，老少团聚，幸福感杠杠的！

高党萌萌多肉店，萌萌的多肉，致富的源泉，承载着小小的梦想，无限的未来。

污水处理厂，日处理能力200吨，废水经处理后达到一级排放标准，废水再利用，节约又环保。

猕猴桃种植基地主要栽植金桃、红阳等品种，可带动集体增收160万—500万元，待成熟后，可采摘一条龙服务！纯天然有机蔬菜、草莓、猕猴桃，想想就馋得不得了。

可别小看了沼气站，这可是个变废为宝的大工厂。每年产生沼渣500吨，沼液8000吨，满足全村500余户百姓的需求。咱高党的百姓全用它，经济又环保。

习总书记在徐州视察马庄时说：实施乡村振兴战略不能光看农民口袋里票子有多少，更要看农民精神风貌怎么样，高党人的笑脸，充分显示出村民新的精神面貌！

观摩结束。大家坐好小板凳，开始话说振兴啦！对照党的十九大对乡村振兴"二十字"总要求，高党的发展还远不能停步，乡村振兴的前路还任重道远。为什么召开这次高规格的现场会？贾书记强调说，其目的就是，引导各镇（街道）、各村（社区），以高党为标杆，深入实施乡村振兴三年行动计划。学高党、比高党、超高党，以新一轮的思想大解放，推动全县乡村振兴取得新突破。到高党究竟学什么？学习敢想敢干的高党精神，按照科学、依法、公正、规范、创新的工作导向，破除思想障碍，勇于探索出新，高标准、高要求地推动乡村振兴；学习精益求精的高党追求，始终保持永不满足的紧迫感、饥饿感，好上再求好，快上再加快，不断朝着更高的目标迈进，一步一步把社区建设推向新境界；学习体系化建设的高党模式，牢固树立系统化思维，构建新型社区的功能配套体系、党组织建设体系、网格化社会治理体系、现代产业体系和乡风文明建设体系，并使各个体系相辅相成、相得益彰。

2019 年 2 月 21 日，我又来了高党。这距离上次离开，大约半年时间过去了。这次来，我要去看看新建成的拓展训练基地，我要去看看高党乡学院，我要去看看老年公寓，总之，大半年之中，高党新村变化得太多，我都想知道。

宋之昌见到我之后，先告诉我的并不是这些，而是说大年初一，高党新村来了 4 万多游客，汽车排满了村外的道路，大约有 7 000 多辆。大年初三他刚一出门，遇到一个三岁大的小村民，朝他笑笑说："爷爷好！"这一句童声问候，让他高兴了好几天，逢人就说，高党变化真是太大了，连三岁孩子都懂得文明礼貌，尊敬老人了。我说，环境变了，人的内心就会变化，内心发生变化，行为就会跟着变化。

宋之昌是在村图书馆同我说这话的，我们边聊着天，边向图书管理宋以江学习如何进行电子阅读。这一学竟然都会了，他说在电子书架上，每一期可更换 10 万册电子书，这让我很是惊讶！

我们去参观拓展训练基地，各种设施在细雨春风里，静静地等待着客人。远方来的马戏团演出场子，像是一个大大的蒙古包，就搭在旁边。笼子里的狮子老虎正在睡大党，见人来了也毫无反应。

顺着俺家菜园的大道，我们走进了沼气总站。工作人员向我展示了正在村民家中调试灶具的视频，蓝色的火苗呼呼有声。他们说这要比煤气好得多，便宜一多半。然后细数着每天进多少料，出多少气，产生的气渣做成颗粒肥料，可以种多少地。高党的田野，无论是种果还是种粮，都要实现不施化肥，不用农药，纯自然生长。小区每天的生活污水，经过一系列处理之后，就可以灌溉农田了。高党人说我们村合作社有猕猴桃园，农业公司有玫瑰园，还试养了稻虾共生园，采摘园先进的阳光大棚马上就要投入使用。他们的话音里，都是满满的自豪感。

高党的老年公寓就在乡学院旁边。吃完早饭后，老人们正聚在一起闲聊。见我们到来，显得十分高兴。问他们多大岁数了，有人回答说，你看她，今年94岁了，还有比她更大的，今年96岁了。最年轻的敬老院院长卢艳海，今年也73岁了。他说整个老年公寓1700平方米，可收住70位老人，现在按条件，只住进了一半，还有那么多老人在排队等着入住。这里有专门的乡村大厨，有专人打扫卫生。早上一元钱，能吃到豆腐绿饼油条馒头，中午三元钱有荤有素有汤，晚上也是一元钱，吃炸汤面条，或者别的什么。总之鸡鱼肉蛋，应有尽有，有滋有味，谁不想进来呢？省委书记来看过，市委书记来看过，全县来乡学院学习的干部，也来看过。这里是高党其乐融融的一个大家庭啊！前不久，全国政协副主席刘奇葆来到高党考察，听了高党老年公寓的汇报后，动情地说，是共产党给高党人带来了幸福！

这一天是高党乡学院上课的日子。冬训第一课，听课的人是姚集镇村两委主职干部、党务工作者、镇直机关支部负责人，大约180余人坐满了乡学院。主讲的是省党校教授、博士生导师陈传善，主题是"不忘初心，牢记使命跟党走"。他由远及近，由浅入深，细致入微，有图片，有视频，提纲挈领，生动感人。整个课堂安静无声，更没有人走动，大家全被陈教授的演讲吸引住了，一堂课三个小时下来，仿佛还没有听够。他们明白了为什么党中央要部署实施乡村振兴战略。高党这么美丽的地方，是新时代带来了新高党，是在党的领导下志同道合的人团结奋斗创造出来的。现在吃饱了，穿暖了，要蓝天白云，要青山绿水！要走中国特色的乡村振兴之路，这就是为人民谋幸福，谋利益，这是一份信仰，也是一份理想。在授课即将结束的时候，陈教授特别讲解了毛泽东主席的《诉衷情》：当年忠贞为国愁，何曾怕断头？如今天下红遍，江山靠谁守？业未就，身躯倦，鬓已秋；你我之辈，忍将夙愿，付与东流？令全场学员为之动容！

在高党乡学院里，展示的是高党模式、高党精神、高党追求。从而在全县、全市乃至全省，出现了学高党、赶高党、超高党的热潮。

......

2018年9月，全市乡村振兴现场会在睢宁召开。

10月，中国淘宝峰会召开，高党新村是重点观摩点。

11月，高党新村被授予中国乡村振兴旅游目的地。

2019年1月，江苏省委书记娄勤俭带队来到高党考察调研。

到过高党新村的人都说，这是我们心中想象的新农村模样！

我们在高党的创客空间里，见到了从北京大学经济学院毕业的陈晓华。创客空间、拓展基地、乡学院、民宿房等等，都是他带领专业团队打造的。陈晓华说乡学院开办以来，已为睢宁全县举办了12期共2 000多人次的"村（社区）两委培训班"，每期3天，从县党校、政法委等单位请来老师讲课，产生的效果十分明显。开班第一天，我们会安排参观沙集电商、魏集槐园、双沟官路、王集鲤鱼山等地，看变化，悟启发。每期结束时，高党农民艺术团和国学班的孩子们，要献上一台自编自导自演的文艺节目，让大家感受到高党人精神面貌发生的变化。在高党，我们做的项目，是要做到乡学院树品牌，拓展基地带人流，特色活动扩影响。春节，我们办了花灯节。去年夏天，我们举办了水上乐园，每天多则万人，少则两三千人。我们举办了国庆七天乐，举办电音节，每天吸引成千上万的游客。今年夏天，我们准备举办夏令营，与清华大学联手举办全国乡村振兴论坛。2018 年 12 月 21 日在清华举办的乡村振兴论坛上，睢宁是两家发言单位之一。我们要邀请知名学者、知名乡村代表、知名经济学家，把全国乡村振兴论坛搬到高党新村来举行，并且持续举行下去，展示智慧高党的魅力。我们做这些工作，目的是在乡村振兴中发动农民解决自己发展中的问题，致富不能等政府来给你发钱，要自己动手鼓起自己的腰包。比如，我们举办了那么多活动，来了那么多游客，村里人开始动脑筋想办法，用自己创造的方式去挣钱。这才是发自内心的美丽振兴。一年前，高党新村连一家卖早点的也没有，现在饭店酒家开了八九家，而且数量还在上升。民间传统手工艺也重放光彩，母子扇、柳编已经获得远方客人的青睐。这种由被动致富到主动致富的行为，让村民尝到了甜头，让高党增加了魅力。如同一枚鸡蛋，从外面击碎蛋壳，收获的是破碎；而从内里撞击蛋壳，那么诞生的是一个新的生命。

乡村振兴的文化，我们开始从孩子身上做起。我们在高党首创了村级国学班。一开始家长们并不理解，也不积极，认为孩子学这些"老古董"没用。报名的孩子很少。七八个月之后，情况发生了变化，家长们发现孩子懂礼貌了，知道捡垃圾了，知道做家务了，知道关爱自己了，于是把孩子主动送到国学班，人数越来越多，现在有 40 多名了。我们教《弟子规》、教《论语》，以后还要教更多的新内容。这会影响孩子的一生。我们认为，乡村文明，不仅是盖了好房子，种上了花花草草，而是让农民从内心深处产生美，让人生变得更加美。我们将优秀的传统农耕文化、邻里文化注入他们的思考和行动中。我们所教的东西，都是免费的。有时还要贴钱，为孩子买服装，请人教舞蹈，过年发压岁红包。学生家长要在家庭"作业"中签字，介绍孩子平时在家里做了什么，促进孩子和家长共同学习，共同进步，杜绝光教书不育人的现象发生。我们举办乡村沙龙，在快乐中倡导人人为我师，我为人人师。在乡学院里，学习的人要学会学、习、看、拓、听、悟，而在国学班，同样也要教会孩子什么是学、什么是习？怎么去看，怎么去开拓，怎么去开动心智，去听去悟。从小培养团队精神、协调沟通能力，让更多的人知道，文明的生活，人人可活到一百岁！

我们认为，高党这块曾经一无资源、二无外援的贫困土地，通过短短的几年时间，成为全国美丽示范村，这本身就是一个奇迹，一个具有普遍意义可复制的新农村典范。因此我们也愿意在这里，留下更多的东西，助推高党展翅高飞。

在村部电子大屏幕面前，村干部们对我说，你想知道的东西，都在这里，想看哪里你就点哪里。说着，就向我示范起来。于是，我看到了如下的内容：

高党新村坚持产业强村，大力推动农村三产融合发展。村两委成员领办农业公司、旅游公司、物业公司和创客空间四大产业平台，全力以赴为可持续发展做强产业支撑。做优一产，结合高党实际，研究制定高党农业发展规划，推进产业结构调整，2018 年产值突破 1 300 万元。做强二产，2018 年二产产值达到 1.2 亿元。做活三产，按照全域旅游的发展思路，以农旅融合为突破，以繁荣社区商业为重点，以发展农村电商为特色，努力打造徐州东部新兴的乡村旅游目的地，发展电商110家，2018年三产产值达3 000万元。

高党新村坚持生态底色，建设宜居美丽新家园。高党的规划建设从大生态的角度出发，充分尊重村庄自然肌理和历史文脉，利用天然汪塘建游园，借助自然集市改街区，就地取材建景观，延续了村庄的个性，实现了四季有花、常年有景，真正做到了留得住青山绿水，记得住乡愁乡韵。

高党新村坚持文化引领，提高乡村文明度和群众幸福感。高党注重文化建设和文明提升，大力弘扬和践行社会主义核心价值观，充分发扬村级民主议事，制定10条村规民约，摒弃不良习惯，倡导文明新风。常态开展好婆婆、好媳妇、美德少年、最美家庭、星级文明户、高党好人、道德模范评选活动，大力宣传先进典型，积极弘扬正能量。强化红白理事会作用，持续推进移风易俗，培育文明新风。

高党新村坚持共建共管，构筑党建统领的网格化治理体系。充分发挥党支部战斗堡垒作用，在旧村拆迁、新村建设、管理提升过程中，推行"三强五带"工作法，积极构建"党建＋社会治理＋居民自治"网格化管理体系，把党支部建在网格上，让每一个网格都成为覆盖党的建设、综合治理、社区管理、文明创建等职能的活力单元。

高党新村坚持富民优先，让农民成为乡村振兴最大受益者。通过集中居住产业带动，实现了村集体经济壮大和低收入农户脱贫增收。不断壮大集体经济收入，2018年村集体收入达377万元，是集中居住前的近300倍。不断提高人均可支配收入，高党老百姓享受"地租＋工资＋分红"三重收入，2018

年人均纯收入 19 670 元，位居全县前列，同比增长 23.9％，超出全县平均水平 2 000 元。打好精准脱贫攻坚战，制定低收入户脱贫"一户一策"，从就业介绍、土地股份合作、扶贫政策支持等方面予以扶持，确保所有低收入户提前全部实现脱贫。

第三部　印章

中国印章，是赤诚鲜明的。 独一无二。

农民镌刻的诗意，在乡村的土地上，嵌下了自己的印记。

依然是那么厚重，却多了几分精巧。

依然是那么方正，却溢出了几多灵秀。

一枚，二枚，无数枚乡村印章，依次如花朵一般，开放在故黄河两岸。

终结饥黄的史页，开启丰润的篇章。

中国的乡村印章，在展现新时代的艺术魅力。

我振兴的家乡，色彩夺目！

官路之路

　　我们暂时离开高党新村，去以高党新村为示范的其他农民集中居住区看看，听听他们的故事。这里会给你带来另一种新鲜体验和认识。乡村振兴的目标是一样的，探索的路径都各有千秋。他们都处在黄河故道两岸，如今都像是一枚枚中国印章，镶嵌在这片土地上。

　　当高党正在筹建集中居住新区时，另一个地方，与此同时也在进行中。双沟镇官路小区的人知道，当初筹建村民集中居住小区，启动拆迁工作时，是赵亮带队在村里发动实施的。

　　赵亮是谁？赵亮现在是双沟镇人大主席，当时任双沟镇副镇长。他是镇派驻官路村筹建集中居住小区拆迁工作组组长，带领的队员有镇规划办主任、武装部长等五六个队员。党委书记杨剑舒反复叮咛，工作一定要做得细致，细到每一户每一个村民，包括每一个老人和孩子。领导对他的信任和期待，使他感觉到肩上的责任异常沉重。他暗暗交代自己，无论多么艰难，承受多大的压力，一定不要辜负组织上的信任和官路村老百姓的期望。

　　年轻的赵亮是在 2010 年 3 月调到双沟镇的。初到双沟任职的赵亮，一股蓬勃朝气，一身青春飞扬的神采。但是，这并不足以保证他能把这次任务完成得风生水起，尽善尽美。他了解到双沟镇在启动中心镇建设的时候，曾设想试点集中居住区建设，但因为拆迁时群众阻力太大没有推行下去。主要原因是官风不正，官风带动民风，民风也不正。从领导班子到机关部门，信访数量不断增长。2012 年，杨剑舒调任双沟镇任党委书记后，决心下力气肃正官风，改变民风，还一个风清气正的新双沟，以此推动和带动小城镇与集中居住区的建设。这便给了赵亮一个在乡村振兴实践中接受考验和洗礼的机会。

进驻官路，从哪里开始突破工作？农村工作，历来是比较复杂繁重的，更何况这是小区建设，是集中居住，是村庄拆迁，牵扯到家家户户，人人有份。毕竟与他们今后的生产生活，有着千丝万缕的联系。而且因每个家庭背景不同，每个人的成长生活环境不同、性格不同，产生的情况肯定不同。一百个人就得有一百个对应拆迁的方法与措施。既然情况复杂，借鉴高党经验，赵亮决定先从调研民情开始入手。以一个村小组为试点，倾听村民的心声，收集他们的意见，梳理每家每户的社会关系，详细了解他们内心真正的诉求，并且把集中居住的各种设施规划、未来前景以及各种优惠政策，详尽地向村民解释清楚。如果不去实地调查研究官路现在的社会需要，单会夸夸其谈个人经验认识和主义，就好比医生单记得许多汤头歌诀，不去研究病人的不同症候，不能对症施术，又有什么用处，讲话水平高并不代表领导水平高。在"知"上口若悬河，坐而论道，有可能在"行"上躲避困难，不守原则而一事无成。赵亮发现，经过这一系列的工作准备，百分之九十的村民是拥护和支持集中居住规划的，只是有的人在怀疑，对着小区效果图问：真的会建得这么好吗？赵亮充满信心地说，难道我们不会建得真的那么好吗？

当赵亮把了解到的情况向镇党委镇政府汇报后，大家得出的结论是，有百分之九十的百姓同意并支持小区筹建方案，那么就证明，我们的决策是正确的。小区建设机会已经成熟，可以抓住机会立即实施。杨剑舒书记又特别对赵亮要求，在工作中要坚持做到公平公正公开，不允许有丝毫的差错和哪怕微小的疏忽大意。对个别奸狡溜滑者，绝不开口子。对有钱有势者，与普通群众执行同一个政策，绝不走样。这两个"绝不"让赵亮心里有了底气。

赵亮请来了全县最具资质最有实力的评估公司来，公开对每家每户进行拆迁前的房屋评估。评估结果出来后，赵亮取消原定的公布上墙的方案，改为统一装订成册，分送到各家各户，方便全家人捧在手里看，对所有的拆迁户评估结果、补偿标准、奖励条例、进度时间一目了然，并且写上了举报电话，欢迎群众 24 小时咨询、举报和监督。

令赵亮深感意外的是，原先制定的一二三等拆迁奖励措施，根本用不着分得这么详细清楚。在规定的时间里，老百姓头天晚上就拿着板凳来排队，都想争取第二天早早签订拆迁协议！排在第一类型之后的奖励标准，没有人去选择，事情出人意料地顺利。有的群众说，我们原来住的破房烂屋，早要就想翻建了。就是真的拿出所有的积蓄翻建了，那也是一家一户的翻建，改变不了整个村庄。现在要建集中居住小区，有绿化，有道路，有自来水，有电话，有电视，有老年公寓，有议事堂，有大广场，有综合服务大厅、卫生室、幼儿园、小学，应有尽有。再也不用担心散乱脏了。再也不愁不能像城里人一样生活了，为什么不支持拥护？何况，拆了我们的房，还给我们补偿。旧屋不住住高楼。出了门就是工业园区，就是百姓集市，多方便啊。赵亮把这个小组的头开好了，其他小组协议的签订，进行得十分顺利。原本预想十分艰难的工作，就这样在赵亮的手里，以出人意料皆大欢喜的结果，宣布初战告捷！

接下来的工作，杨剑舒书记指示说，上梁不正下梁歪，在小区建设中，任何人不得插手工程项目！除了做好服务，还是做好服务。赵亮规定说，不准喝开发商一杯酒，不准抽工程人员一支烟！要想叫群众相信拥护政府，必得始终坚持原则，不能失信于民！

赵亮带头起模范作用。他说，做乡村振兴工作，面对的是广大人民群众，要亲民亲为接地气，办公室里出不来真实信息，也出不来人民群众想看见的结果。不会的要学，不懂的要问，但不可头脑发热想当然。不能经验主义走捷径，在张家做得通的方法，在李家不一定行得通。要把每一件事都当作新挑战和机遇，做得透彻，做得符合民意民情。

有群众向赵亮提出，老人居住高楼不方便，这个事情应该解决。一家一户收种的生产工具没法存放，这个也要考虑。

于是，赵亮向镇党委、政府汇报了实际情况和个人看法。镇里决定：一是盖符合老人生活习惯的老年公寓，凡是符合条件的老人，入住老年公寓，并完善好配套设施和服务标准；二是可先把原有楼下大车库，改造成老人可以居住的房间；三是大力推动土地流转，成立农业合作社，并由村党支部统一组织，集体统一种植，统一经营，解决一家一户耕种困难。

说到土地流转，赵亮显得更加激动。他说有年轻人外出打工不愿种地的，有身体及家庭原因不想种地的。土地流转后，交给合作社，是村支部领导下的集体合作社。每年一亩地给 800 元租金，保证群众收益不吃亏，有利于现代大农业发展，而且还可以整合出沟塘路渠新增加的耕地面积。在种子采购、植保等农业生产环节，节省大量成本，有利于增加集体经济收入。集体富了，有钱了，就可以为老百姓做更多的福利事业，为群众做好事，这样就增加了党和政府的凝聚力、向心力，群众也有了依靠感、归属感。

他深有体会地说，在乡村振兴的实践中，做每一件事必须细致入微，才能保证不出事，干好事，干成事。旗帜鲜明地坚持群众利益这个底线，任何情况下都不允许突破。群众的眼睛是雪亮的，党员干部身子不正，还能做成什么工作呢？所以，执行上级的政策、指示，绝不可以走样啊！

有人说赵亮，你是镇领导，站的角度和普通人不一样。赵亮既不否认，也不承认。他认为，上级领导就是我们实施乡村振兴战略的司令员，我是负责在前线落实具体部署的指挥，也是一名士兵。我既是现场的指挥官，也是身先士卒的普通战斗员。我不在一线，心里不踏实。如果我不了解情况，发生判断失误，会贻误战机的。

干好工作，完成了官路小区交给我的任务，是我最大的快乐。如果做不好，哪怕是一件小事，这一天，这一周，甚至这一段时间，我会不舒心、不安宁。有时候，工作中的矛盾是拖出来的，我不喜欢拖泥带水，问题随时发现随时解决。拖是对自己和工作的双重不负责任。一旦方向失误，过程也随之偏转，那么解决问题的路途就会更加遥远。

官路小区是全国十佳最美乡村。

官路小区党支部书记张祥铎在商业街开了一家小超市，经营的是老百姓居家过日子必不可少的生活用品，平时由他媳妇韩云霞打理。张祥锋不在家，问他媳妇韩云霞他去哪儿了，韩云霞说大概是去给甜玉米播种机买配件了，可能一会儿就回来。

不说话，韩云霞和所有农村开小超市的妇女，没有什么区别，很普通，衣着朴素，待人和善。然而她若同人打开话匣子，又显得十分健谈，神采四溢，充满了感情色彩。韩云霞说，她原先开的超市在公路边上，是村里第一家开超市的，算起来有 10 年了。现在像她这样开超市的，全小区大大小小多了，十家八家不会少的。原来她独此一家，别无分店，生意好得不得了，每天营业额都是好几千元。现在不行了，顾客少了。然后话题一转，说自从他当了村支部书记，建小区，搞拆迁，拆出仇了，别说别人了，连他堂兄弟叔兄弟胞兄弟，平时都不来我家超市买东西，有的照面了连招呼也不打。不来买就不来买吧，为了他当这个书记，我什么都忍了。不来买我也不能拉人家手来买？那个时候，连我娘（即婆婆）都说，现在想去遛遛都不敢出门了，人家看见我，都不理我。你说这个书记当的容易吗？他的那些兄弟房子不拆能行吗？凭什么别人都拆了他们不拆？给别人补多少也给你补多少，想要的多，当书记也不当家，就是当家了他手里也没有钱，有也不能这么做。这就拆出仇来了。至于吗？

那天我们家的在楼上正在说个什么事，有个老太太来了，拿着评估单，非要上楼找祥绎不可，嘴里还不干不净地骂。有这样的吗？我说，你不能在我家里骂我家人，要骂上别的地方骂去，再骂我就不让了。老太太再不吱声，转脸走了。像这样挡驾的事，韩云霞不知挡了多少回。

正拆迁那会儿，我大儿子二胎女儿来了。别人家来了孩子，都是办满月席的，童喜啊。可我们没法办。他姊妹八个，他最小，是老八。我说叽叽棍（一种鸟的土名）也有三个相好的，为什么就不能喜庆一下，生了个孙女又怎么了？他说不能办，正在拆迁当中，会招人骂的。我们亲家是喇叭班子的头，要送一班喇叭贺贺，他也不同意。结果，就是我们一家人陪送奶糖来的儿媳妇娘家亲人吃了一顿饭，了事了。

我原来喜欢跳广场舞，哪天不去跳啊。可自从拆迁之后，我没法跳了，没有人愿意和我跳啊。过去，我还是个领舞的呢。不跳就不跳吧，直到现在，我再也没有去跳过广场舞！

　　张祥铎还没有回来，韩云霞也没有收住倾诉的意思，继续说她想说的话。

　　我结婚过来以后，他去学做厨子，开了"老地方"饭店，饭店生意好，我对客人也好。我以前什么也没有做过，在农村做小大姐能会做什么？我又没有文化，除了认得自己的名字，就认得钱，其他都不认得了。生意做得好，河北（故黄河以北）八个村的人都认得我。我是村里第一个架上电话的人，经常有人来包席，都累病了，还得坚持做下去。那时，铁路十四局在这里搞工程的会计，就住在我家里。闲聊中，建议他（张祥铎）可以为工地送料子，在家门口干，又不出去。我一想，这个可以干，就支持他干了。他送他的料子，我开我的饭店。谁知工程结束后，人家又把他带到泗阳工地去，仍然负责送料子。人家相信他啊，每天带十几辆车。我也不是图他能挣多少钱，就是想支持他学学做事的经验，见见大世面。泗阳工地结束后，人家又要带他去外地继续干，这次，太远了，他没有去，也不能去了。我带两个服务员，还是个直人，少不了和客人发生争执。有一次，一位客人欺负我的服务员，我一看不行，一手拿着菜刀，一手拿着铁勺，去找这个不讲理的客人讲理，一直把他追到立交桥下，才算拉倒。所以就需要他回来打理。而这时，上面狠刹吃喝风，饭店的生意开始不如以前了。我干脆关了饭店，去照顾儿媳妇生孩子。他到村里为老百姓干事，当治保主任，就是谁家发生矛盾吵架了，他去圆圆场，调解调解。后来我不开饭店，改开小超市了。他后来就当了村书记。

　　可我就不明白了，小区建成后，又被评为全国十佳最美乡村，去领奖时，为什么不是叫他去，而是换了别人去？别人有他出的力多吗？这不是推过磨杀驴吃吗？你猜他怎么说，上面自有上面的安排，谁去领都一样，都是官路小区的。晚上，我替他委屈，坐在床沿上哭，怎么不哭？我心里憋得慌，觉得对他不公平。我哭，他反而来安慰我，后来，他也掉泪了。

韩云霞讲到这里，忍不住又掉眼泪了，急忙拿纸巾去掩饰。然后她又说，虽然我心里不服，可事后一想，我是个妇道人，为了他，不能乱说话，会给他添乱。有事应该搁心里，眼泪往肚子里咽。为了拆迁，他的脚都崴了，花了那么多钱，到现在也没治好，一坐下来就得用手去揉。还有高血糖。他五姐说他，别干了，不干日子不也是过得红红火火的吗？他不听，说就想给老百姓干点事，就是让上级领导信任他。日子过得再好，那也只是为了自家的日子。他老大满大街提他名字骂，说张祥铎你扒我屋，你占了多少便宜！他也不反驳，由他骂。

韩云霞说着说着开朗起来。原因是她说张祥铎没种过地，当了村干部，还得从头学习种地，因为老百姓的地，都流转给村党支部了。老百姓手里没有地了。流转给村里，村里组织了合作社，他就要把那些流转过来的地种好，种得村里和老百姓都有收入。接着她说她大儿子在上海开了个小公司，是做顺丰快递的，大儿媳妇也在那里。二儿子在平安银行当职员，正在处对象。张祥铎不信神，也不信耶稣，只相信自己实干。他当治保主任时，我说你要好好干，争取入了党，将来也许能当个村书记。我这是给他"洗脑"。村里要选村主任，我就鼓动他参选。他说我又没干过，人家不会选我，就是不愿意参选村主任。我把他哄到我娘家哥哥家，让我哥来说服他。哥哥说他，你干的不是很好吗？他说干村主任会得罪人。哥哥说那也不能因为怕得罪人啊。我就说，争取争取呗。结果，他被选上了。原先他不当村主任时，我还和人呛呛，自从他当上了村主任之后，我从来也不和人呛呛了。后来，他当了村书记。我在拆迁的时候，见到人都是躲着走。只有一回，他一个奶奶的哥，在我超市对面骂他是孬种。我关上超市门不听，玩手机，他又跑到超市门口，对着超市门骂，我才实在忍不住了，打开超市门，顶了起来，当然，我说的话也不好听。

韩云霞说，过去我超市卖奶，一开始三十件五十件进，后来是三百件五百件进，卖得火呀。他当书记了，十件也不敢进，卖得反而不火了。他拆了别人的房子，也拆了我的生意。

超市的后门响了一下，闪进来一个人影。韩云霞说，人回来了。

这是一个脸膛黝黑身材魁梧的中年男子。看不出有多大威严，却看得出一身的淳朴，一脸的憨厚。他见韩云霞同我在说话，就热情地上前与我打招呼。当他知道我的身份后，就开始和我交流起来。而韩云霞早已经去忙自己超市里的事了。她对她男人同别人谈话，大概早就养成习惯了，从来不在身边听，更别说插嘴了。她认为，那是她男人当村干部的事。

张祥铎陪我在方桌的矮凳上坐下来。他坐得气定神闲，走过南，闯过北，有一股静气。我说，你媳妇刚才为你哭了。他稍低下了头，却没有回应。接着，他说，我们这里是全镇第一个拆迁的村，几乎和高党村拆迁同步进行的，是最困难的。怎么办，上级领导安排的，是对老百姓好的事，就得干。干也不能提要求，一个是不能提，一个是我也不该提。只要把活干好，其他都是小事。在赵亮的帮助下，我们就把工作的突破口放在做好思想工作上，放在关系不错的亲朋好友身上。镇里号召拆，他们一开始不愿意拆，住了几辈子的老屋，又不是去地里拔萝卜青菜，留恋是正常的，思想转不过弯也是正常的，我就用情感先感动他们，让他们先拆，结果我赢了。尽管也吵过，也骂过，也打过。不就是想多拿点钱吗？想多拿点钱也不是坏事，毕竟想的不是杀人放火。这世上，凡是钱可以解决的，都是小事。在干到最艰难的时候，说实话，想死的心都有。人毕竟承受的程度是有限的。没吃过黄连的人，是说不出黄连的味道的。但我还得笑着对人说话，因为我必须干好啊！怎么可以蹲着坑不拉屎呢？怎么可以不听上级招呼呢？那时我报名考驾照，有一年多没去学，人家说你再不来，钱白交，就作废了。我说作废了我也没办法。考驾照和搞集中居住，哪头大？只是我这个人，嘴太坏了，守不住心里想说的话。刚拆迁前，有老百姓在自家院子盖个猪羊圈什么的，有人说，这是坏事，搞违建，准备对抗拆迁，要严惩。我却不是这么看的。我说这是件好事！怎么这么说？你说他盖猪羊圈的动机是什么？不就是为了多弄点拆迁补偿款吗？这说明，他知道要拆迁了，他心里也准备给拆迁了，这拆迁的工作不就是做好了吗？那点猪羊圈是小事，拆迁完成了，是大事。拆迁时，那些猪圈也真的给算进去了，补偿了。但其他村子里有写人民来信的，告这件事。领导派人来调查落实。这还用调查吗，是真事啊，就下令补偿款全部退回来。钱已经发给老百姓了，再去要回来，窟里拔蛇，就不那么容易了。我也想不通。想不通你也得干，又不能撂挑子。得想法啊，得从自家人做起啊。干工作，这劲不能乱使，什么时候用，得看准时机，早不行，晚也不行，用大了不行，用小了也不行，岔路不能走。反正我又没占便宜。我要是占了便宜，砍头连眼泪都不会流。还好，这猪羊圈的补偿款，还真的一分不少又要回来了！多少？1 700多万呐！我要感谢上级领导的支持，感谢父老乡亲对我的理解，否则，我也干不成。我的底气就是来自上级领导的支持。所以，一个地方干得如何，与这个地方的一把手关系很大。我对镇党委杨剑舒书记很佩服，他有肚量，有境界，有方法，也给我撑腰，我们对他很尊敬，也从心里感激他。他推荐我参加副镇长选拔，一路过关斩将，最后只剩下四个人。但我还是没有考上。我一点怨言也没有，是我自己不行，可我努力了。有的人干工作，手里有东西，今天给个糖，明天给个包子，后天给个蛋糕，这就有人跟他干，而我手里什么都没有。我有热心，有责任，有担当，这一切都体现在干活上了。我干的活，也被领导看到了，也被群众看到了。要不然，为什么杨剑舒书记要推荐我去考副镇长？这说明他也看到我在干活了，这就行了，就很欣慰了。我当不了猫发威的干部，我也看不上猫发威的干部。当党的干部，除了干好活，还能干什么？官路村是全国十佳最美乡村，我认为我是这个村党支部书记，是可以代表去领奖的。可是上级领导没有安排我，自然有领导的考虑。我应当无条件接受。委屈只是暂时的，想不通也是暂时的。谁还没个荣誉感？人要活得有面子，有活干，有饭吃，有健康才是人。谁去领奖不都是官路村的？谁能说这个奖里没有我做的工作？这样一想就行了。去领奖是一时的风光，坚持干好自己的事，是一世的风光。有人说，一头羊带一群狼，和一头狼带一群羊，结果是不一样的。我想，杨剑舒书记是一头狼，我就是他带的一群羊里的一头羊。我这头羊在向前冲，在奋力拼搏。领导和群众给了我力量和勇气，要不，我怎么会被选为县人大代表呢？有人说，干工作要像弹钢琴那样，十个指头都要用。这得看你站在什么角度上说。你本身手指就够不到钢琴，还弹什么弹？

那么甜玉米你是怎么弹的呢？我问他。

我心里很认可赵亮主席对我说过的话，美丽乡村靠产业支撑。甜玉米，是谁的甜玉米？是帮助官路老百姓致富的甜玉米。这种作物，官路人从来也没种过。引进来的新品种，大家都不熟悉，怎么种，怎么管理，怎么找市场，都是新课题。开始不适应，这也很正常。老百姓对新生事物的把握，不可能一下子拿过来就会，拿过来一口就吃成了胖子。我们村去年种了一千亩，整个小区种的面积大约有三千亩。这本身就是一种成功，农民知道了自己找市场，又是一个更大的成功。

张祥铎的叙述，让我的脑海里突然闪过一缕光亮：土地还是那片土地，人还是那群人，但土地上生长的东西变了，人面临的情况也变了。那么人与土地，该如何适应这种前所未有的变化，而使之走入一个崭新的未来，使土地获取更大的果实？官路小区的人，正在发生喜人的变化。

张祥铎说，种下了甜玉米，也种下了心里的期盼。为了便于严密管理，投资了 17 万拉上围栏。为了做好排灌水系，又修整了沟渠桥涵，加上育苗时搭的棚子，总共投入各种设施达 30 多万。贷了款，不过，现在都早已还上了。这是为了保证品种质量所必需的。因为如果市场好了就全卖了，市场不好人家也要拣好的买。前来干活的农民，必须按照技术要求，干好活就行，其他问题不是他们要考虑的，要考虑的是村党支部，因为合作社建在党支部里。是党支部领导经营下的农业合作社，这是一个新事物，以前没有过，现在开始出现了。甜玉米长势良好，丰收在望，等待市场的召唤。虽说是等待市场的召唤，却也不能被动地等，我们得主动去寻找市场。我带着两个人，租了车，一路寻找市场，寻找信息。我们从家门口出发，到过宿迁、淮阴、临沂、河北、天津、南京、北京、合肥、徐州等地，还建了甜玉米市场微信群。说实话，我们以前只管种地，是不管市场的。现在来寻找市场了，才知道市场里的道道非常多。比如说，我们去推销甜玉米，人家农贸市场说我们这里的甜玉米销售不错。我们说我们的品种好，技术员是如何指导生产的。

他们说，不是你种的品种好不好的问题，而是我们这里的消费者习惯不习惯的问题。消费者不认你的技术员，只认是不是他想要的甜玉米。有黑花的、红花的、全白的等等，你知道他们喜欢选哪种？你种的人应该知道，我们卖的人更应该比你们还知道。

我明白了，这就是种的人和卖的人要结合成一人，要和市场搭口。这一明白，就记在心里，忘不了。

翻地、松土、播种、覆膜、打眼、匀苗、防虫、除草、灌溉、收获、打包等等这一系列田间劳作，都要为市场服务，都要瞄准市场行动。这是一个职业农民必须具备的基本素质。

那么，第一年甜玉米的效益如何？我接着问他。

你这个算法和我不一样。去西天取经，十万八千里，九九八十一难，你才迈出一小步，就想登天吗？我可以明确地说，不仅是成功，而且是大成功！我们看到了市场，我们流转的土地上，可以生产出市场要的东西。我们有了信心，只会越来越好。我们有了经验，这会让我们收获更多更好的甜玉米，集体和农户实现双丰收。今年春天，我们村就种了一千亩春种甜玉米，争取市场好行情啊，抢抓机遇啊！我们甚至大胆决定把去年种晚了的油菜地抄了，改种甜玉米，它的效益高啊，我们仔细地计算过了。我们改变了种植模式，对农业机械也进行了改造，以适应我们的新模式，最大化地减少种植成本。一会儿带你去地里看看，地膜覆盖种的已经出苗了，拖拉机还在种。用不了一个星期，就会全部种完了。我们现在就同销售方联系了，种的品种，也是他们推荐的。下面每一个生产环节，都会与他们沟通。镇里还为此建立了冷库，建立了甜玉米加工厂，你想，我们追求的效益能不好吗？不好，去年村集体贷的30万元贷款是靠什么还上的？

最美的乡村，当然会种出最美的甜玉米！

2018 年，官路小区的春种甜玉米又收获了！

张祥铎的高兴和欣慰挂在脸上，想藏也藏不住。官路小区今春种植的一千亩甜玉米（即食水果甜玉米）刚刚完成采摘，他觉得连空气都是甜玉米的味道。

张祥铎什么都算到了，就是没算到今年的甜玉米，用不着他去卖了。所有的销售由镇里秋歌农业公司负责，他只管种只管采。市场卖赔了，保他不折本。市场卖赢了，与他分利益。张祥铎顿时感到浑身轻松，这正是他想要的。他还说，远方客商要的，打好包送去。高档的我们有盒包装的精品。一时走不了的，放在冷库里，然后慢慢加工，走高端啊！慢慢地走向良性循环了！

春种甜玉米收获时，他在朋友圈晒他的劳动果实。剥开的甜玉米，又大又饱满，白生生的，也有的是黄莹莹的。他像手中举个白胖娃娃，嘴咧开来，牙齿像排开的白白的甜玉米。

在湖畔槐园的午餐上

今年春节前后，社会上一直听到人们传扬，说魏集镇湖畔槐园多么多么美！像一幅水彩画。

我问县委办公室主任艾丹，我想去湖畔槐园看看，找谁联系。

直接找李国君。

李国君是谁？

魏集镇党委书记。我把他电话给你。

魏集镇政府到了。但我被守门的保安挡住了，说现在正在开会，任何人都不准进。你看这门口这么多的人，都是有事来的。我说我找李书记。保安一口回绝，不行。

我无可奈何。人生地不熟，这是人家的地盘。想起一个叫张皓的文友，现在是魏集镇党政办公室主任，找到他应该可以进去。但是，我没有他的手机号。就是找到了他，结果也可能是一个未知数。

耐心地等吧。

魏集镇政府大门前的广场，让我急躁的情绪，慢慢地得到了平息。那种开阔，那种典雅，那种格调，的确让人心生欢喜。如果没有事，在这赏心悦目的地方，坐下来看看蓝天白云看看书，应该是一件十分惬意的事。或者散步，也会散出一脸的笑容。而以前，不是这样的。

魏集镇的旧政府大院，我去过好几次。每每感到别扭。坐南朝北，院内紧促，房屋低矮，环境让人不敢恭维。仿佛人进了院子，马上就缩小了。只是朋友是热情的，把有点逼仄的感觉给抵消了。而老政府大院，如今也找不到影了。从现在的电动大门，向新政府大院里看，院子里是整洁的，办公楼虽不雄伟，却也可以用厚重大方来形容。

终于等到电动大门移动了，而这时李书记给我打来电话。

你进来吧。

你的保安不让我进啊。

你告诉他我让你进来了。

我告诉保安，李书记让我告诉你，让我进去。

保安说他对你说了，又没对我说。保安很坚决地贴着我站着。我感到了他身体中那种铁板一块拒绝的力量。

只好给李书记再打电话，接通之后，又把手机递给保安。保安的声音极为柔和，似乎还弯了一下腰，几秒钟后，他把手机还我，示意我可以进去了。我走了好远，才想起忘记了向他点头致谢。

李书记的办公室在三楼，连着接待室。一进门，看他的屋里站满了人，站不下的，在外面接待室里等待。迎面一位女同志来迎接我，说李书记早安排她在这里等我了。后来知道她是镇党委宣传科李莉萍科长。李书记见了我，立即从椅子上站起来，迎着我伸出一双温暖的大手。我顿时感到了一种亲切和安慰。

李书记知道我是为乡村振兴的采访而来，当场对我去湖畔槐园作了周到的安排。然后由李科长把我带到她的办公室，又作了具体的安排，由镇文化站夏站长、新来的工作人员小武，送我去槐园。

现在来介绍一下李科长李莉萍。

从李国君书记办公室走出来，我是随着李莉萍走的。她把我带进她的办公室，让我坐下先喝杯茶。

坐是坐下来了，话却没有机会说了。不断有人进来，话都被走进来的人同她说了。我自然很安静地坐在一旁，听她对不同的人，谈工作上的事。一个镇党委宣传科长，事情又多又杂，诧异她那娇小的身材，怎么能扛得住？

李莉萍是从初中教师的岗位上考取公务员的，曾在魏集镇有过短暂的工作经历，后又在县民政局基层政权科任副科长，后又任秘书科长。2016 年 5 月被提拔为后备干部，公示后，被组织上安排到魏集镇任专职党委委员。她这次到魏集镇向党委书记李国君报到时，李书记很热情地向她介绍了全镇的基本情况，令李书记想不到的是，李莉萍说，我对魏集基本情况还算熟悉，许多中层干部和村里情况，我了解。

原来，李莉萍考取公务员后，工作的第一站就是分配在魏集镇。她在这里干有一年半，2008 年又调回到县民政局。第一次到魏集镇报到，当时的镇委书记问她，你怎么想到来乡镇工作呢？她回答说，为了照顾自己的家庭，孩子太小了。王凯说，丫头嘞，在学校里当老师多么好！你把乡镇基层工作想得太简单了！你来了之后就知道了，不拖累家庭就算是好的了。这第一次来魏集工作，是任镇统计办主任。原来的主任年龄偏大了，而李莉萍又是公务员身份，正好就接过这副担子。

李莉萍第二次到魏集工作，在专职党委委员位置上没干多久，2018 年 3 月就被任命为党委宣传委员，除本职工作外，分管全镇环境卫生工作、新型社区创建，还有湖畔槐园的乡村文明馆的筹建。在湖畔槐园建设当中，每一位党委成员，都有自己具体负责的项目，李莉萍再忙，也无例外。这个项目由扬州大学设计，通过后招标、基建、装修，要求在三个月工期内完成。李国君几乎天天要进度。李莉萍白天忙不过来，晚上九十点钟，还要去见项目老板，每一个节点，都要详细过问。她的目标是，在大家共同努力之下，提前完成项目规划建设。她的对象潘峰老师，在县城某所知名私立中学任主任，时间当然也很紧张。那一次晚上九点去接他的"领导"李莉萍，结果，在外面转悠了几个小时，直到过了深夜12点，才把夫人接回家。弄得平时这位潘老师，又当爸又当妈。想当初李莉萍考公务员，目的是能更好地照顾家庭，如今看来这个想法很不成熟，很不现实。

李莉萍现在习惯了，走上"常态化"了，无论怎么忙，始终保持着旺盛的青春活力。她还是一个片的片长，在乡村振兴现场中，不可能少了她的身影。

槐园到了。

槐园和高党的建筑不是一个风格。如果说高党是一幅淡雅的水墨画，那么槐园就是一幅明丽的水彩画。水墨画是一种静心的美，水彩画是一种悦目的美，同样地夺人眼球，让人惊叹。槐园里那么多的大槐小槐，老槐新槐，叫不出名字，看到的是满眼碧绿青翠。槐的园，果然名不虚传。

小区办公的地方，似乎是借用了两间民房，里间办公，外间接待，村干部和镇里来的工作人员，都在这里办公，明显是太局促了。有外地来的客人，在等着和谁谈业务。后来才知道，他们是在等樊功臣副镇长。

时间很快要到中午十二点了，当地安排中午我和工作人员一起在食堂里吃饭。这个很不错，是我喜欢的一个方式。

　　食堂在小区办公室的后面，好像依然是借用的民房。我进去的时候，看到李国君也坐在饭桌前了。我到槐园时，发现李国君比我来的还早。后来发现他的车不在了，就以为他离开了槐园，没想到他没有走。在这之前，他又去了哪里？

　　后来我问袁晨——在湖畔槐园的镇工作队员，他说，李书记经常来这里，县里贾书记也经常来。我知道他们调研考察的路线，我可以带着你，沿着他们走过的路线，再走一遍。我当然求之不得，就觉得这小伙子勤快，礼貌又热情。

　　餐桌上摆着几道农家菜，很平常。主食是米饭和馒头，还有番茄鸡蛋汤。我相中了那盘辣椒炒鸡蛋。鸡蛋亮黄，辣椒青绿，一看就知道是草鸡蛋和尖辣椒做成的，但吃的时候感觉到辣得不是那么强烈。还有一盘炒海带丝，味道很鲜美，以前没遇到过这么鲜的。想问这是怎么炒出来的，又不好意思张口。至于红烧排骨和凉切牛肉，也不见特别的地方，怎么说这一顿午餐，也是平常中的丰富了。

　　李国君我认识有几个小时了，还有一位就是樊镇长了，算是刚刚认识。其他还有几位，一个也不认识。听李书记对他们讲话的口气，不外是村、镇的工作人员。

　　李书记在向我解释。他说这个集中居住小区是两个村庄合在一起的。这里是戴庄，那边是徐庄。筹划时如把集中居住区建在戴庄，徐庄人不愿意来住。如果建在徐庄，戴庄人又不愿意去住。按规划一个村又必须建一个集中居住区。于是，我们在两个村的中间选址，筹建公共服务设施，完备各项功能，用一条商业街和统一使用的公共服务设施，把这两个靠近的村庄，连成一体。东边的村庄，仍住在东边，西边的村庄，仍住在西边。成为一个生态宜居的新农村。湖畔槐园原来就有种槐的习惯，又是黄墩湖的滞洪区，贾兴民书记就给这个小区起了个湖畔槐园的名字。后来，就有了湖畔槐园田园综合体。下午，我见到了在建的湖畔槐园社区综合服务中心，这是一个多功能的服务平台，占地691平方米，建筑面积1535平方米，主体两层，局部三层。功能区划分为办公室、活动区和配套区，设置"一厅"综合服务大厅，"一场"室外群众文体活动场所，"十屋"即"两委"办公室、党员活动室、村民议事堂、警务室、文化娱乐健身室、老年活动室等设施，创建"便捷、高效、和谐"的为民服务环境。

我坐在李国君的对面，他的表情当然看得明白，他的话当然听得清楚。他显现出对胸中构思的自信。他说现在集中居住这一块，基本做成功了，综合服务中心和村史文化中心正在施工，用来强化服务功能。下一步主攻方向是产业振兴，是文化振兴，打造可以休闲、采摘、观光、体验、民宿的田园旅游大景观。利用互联网＋，让湖畔槐园的各种产品，走向世界。这是我们的优势。我们的大米是稻蟹共生，不施化肥，不打农药，种植养殖是良性循环，彻底改变原有的耕种方式，彻底改造原有的种养模式。

他的目光从我身上移开，对镇、村干部说，你们一定要把思路集中在土地上，向土地要效益。要首先改变自己的思维。然后，他把目光又转向我，手上的筷子也停下来，对我说，黄河堰上，我们要种两万亩优质水果，三万亩优质粮食，打造高产农业。种枇杷，种核桃，养稻蟹，游客来到这里，肯定喜欢。有人担心在这里卖不出大价钱，怎么可能！只要你有好的产品，掏腰包的人多的是，现在的物质生活这么发达，还会有人在乎钱吗？要求高质量生活水平的人，是不会在乎钱的。北面要流转出来6 000亩土地，打造优质西瓜生产基地。魏集西瓜已经打出了品牌，而西瓜种植不能重茬，那么六年轮种一次，每年保证1 000亩的规模，就解决了西瓜种植的用地问题。他转而又对镇、村干部说，流转土地，要由合作社来经营，由集体来统筹管理，增加集体收入。集体和村民要一起富裕，共同富裕。也许过了十年二十年之后，就是这么美丽的湖畔槐园，也没有人居住了，大家都向镇区集中了。你看80后90后，有多少还愿意回到本土居住的？镇区的环境，肯定又高了一个档次。那个时候，你们这些房屋和设施干什么用呢？做旅游啊，用来服务旅游啊。我们在打造镇区时，还留下了1万平方米的门面房，还要盖15万平方米的高标准厂房，引进劳动密集型项目，把项目留住，把人留住。有多少在外打工，在外当老板的，现在想回到故乡创业啊，要适应这一变化，要有前瞻性，看得远一些。至于文化振兴，要把本地的优秀传统文化发掘出来，继承发扬。外地的优秀文化，比如窑湾，比如宿迁，可以借过来，可以搬过来，形成自己的黄河故道特色文化。只有优秀的文化，才能净化人的心灵，才能做好田园旅游，才能落实党中央乡村振兴的"二十个字"。

李国君是有眼光和情怀的。他目标明确，思路清晰。一旦做出决定，必是要达到目的。他有信心和能力，带好乡村振兴的这支队伍。他是2012年到魏集任的镇长，2017年成为镇书记。湖畔槐园和镇区大规模打造，都是近两年在乡村振兴中做的事。谈到这些成绩，他说应该归功于能干事、会干事、肯流汗、勇于担当的党员干部和群众，没有党组织的坚强领导和大家的共同拼搏，完成这一切，是不可能的。乡村振兴，是在党领导下的乡村振兴。所以，镇村干部要不断地加强学习，你不学习，眼光怎么能看得远？格局怎么会大？怎么能在干事中稳定大局？执行上级决策部署，要保证干好而不添麻烦。所以要特别重视调查研究，做好宣传发动。有时候，我下来转，同不认识的人交流，听听他们真实的想法，真正地去接地气，才能够有效地解决在发展中出现的问题。一个集中居住区，从协议拆迁到小区建成，实现土地增减挂钩，是一项艰巨复杂的工作，如果工作方法简单，思维滞后，能担当起这副重担吗？所以，要有政治敏锐性，要有核心意识。这两年，我们镇的干部中，有两位被提拔为镇长，有一位被提拔为镇党委书记，还有几位主任科员，都是在乡村振兴的实战中成长起来的。魏集的乡村振兴如何开篇，如何实施，我个人足足考虑了两个多月，能想到的因素全部考虑到了，才下定决心，部署实施。镇党委分工，一个副书记重点打造徐洪河以西和槐园，一个人大主席重点打造徐洪河以东。而我强调的不是如何向县委、县政府领导口头汇报工作，而是脚踏实地干好工作，少说多做。结果，我们取得了初步的成功。这两年，我们通过乡村振兴和土地增减挂钩，魏集镇增加了6个亿的收入。你想想，6个亿在全镇推行乡村振兴中，是一个什么概念？所以，一个人要有信仰，有追求，有定力，干好事，才能有尊严，得到老百姓的认可和拥护。

李国君和我，以及大家，这一顿午餐，不是吃饭吃菜，吃的是心里话，是对乡村振兴的远景规划以及行动信心。

鲤鱼山庄

陈宜金说，做梦也没想到。

陈宜怀说，做梦也没想到。

陈增辉说，做梦也能想到。

陈宜华说，做梦也没想到。

陈宜春说，做梦也没想到。

……

深夜，宏山村村书记召开的"两委"领导班子会议，讨论鲤鱼山庄旧村改造下一阶段工作如何开展，即将结束时，大家沉默了一刻，突然异口同声，自言自语道，做梦也没想到。

鲤鱼山庄旧村改造，从 2018 年 8 月初开始动工，用村主任周伦的话说，夜以继日，到 10 月，仅仅三个月时间，发生了翻天覆地的变化！

进村的柏油大道铺好了。

各家门口的水泥路铺好了。

水管埋下去了。

山上的流泉，引到山下鲤鱼湖了。

类似"鲤礼"小院布局的幢幢四合院落，焕然一新了。

从村口"自留田"菜园到"鲤鱼腾跃"的雕塑，从"鲤鱼吐珠"到垂钓的"稻草人",从一面面以鲤鱼文化为内容的文化墙到百姓小舞台,从山顶的繁花到山腰的小亭,从老人的笑容到孩子们的欢呼,无一不在显示,鲤鱼山旧貌换新颜了。

睢宁人形容女人的娇巧,常拿鲤鱼作比喻,说人家的身材是"二斤半鲤鱼——巧个"。可见二斤半的鲤鱼是人们心中的"美人鱼"。为什么不是一斤半或三斤半呢?这是鱼的黄金分割线吗?那些可爱的年轻人到了谈婚论嫁时,去心仪女子的家里"提亲",备上两尾鲤鱼,是必不可少的上等礼物。不同的是这"提亲"的鲤鱼,可就不是二斤半了!可能是六斤半,也可能是八斤半,总之是分量越重,诚心越真。但这么大的鲤鱼是不好买的,往往需要在集市找来挑去,还得看运气,这个时候二斤半的鲤鱼是绝对不可买的,嫌小了,分量不足以表达重情,拿不出手。

到睢宁王集镇的鲤鱼山,就想到上面关于鲤鱼的乡风村俗。鲤鱼山,整座山像是一条鲤鱼。村民说,原来的鲤鱼山,是在故黄河里,晴朗的天气,山影倒映在河水里,波光潋滟,活像一条正在游动的鲤鱼。于是这座山,就起名叫鲤鱼山了。又一说,山下有一个小伙,名叫金锁,特别孝顺父母,又善待亲邻。他的行动感动了东海龙王,龙王爷就把自己最喜爱的小龙女,许配给了金锁。小夫妻俩聪明勤劳,深得全村人拥戴。夏天到了,忽一日暴雨如注,故黄河咆哮泛滥,漫过堤岸,冲毁良田,眼看着村庄将要遭到灭顶之灾。金锁为了村庄免受劫难,奋身一跃,跳进了故黄河,想用自己的身体阻挡黄水肆虐。洪水果然退去,却见在故道里挺立起一座小山,形如鲤鱼,乡亲们为了纪念金锁,就把这座山叫鲤鱼山了。小龙女悲痛欲绝,回到东海龙宫,龙王爷安慰她说,有了鲤鱼山保佑,百姓就会有风调雨顺的日子,你也不要再伤心了,回到鲤鱼山吧,那里为你准备了一个鲤鱼洞,你和金锁一起去护佑黎民百姓吧。

龙王爷的话并不灵验，山下百姓的日子，还是缺油少盐，以瓜菜代粮，度日如年。但倔强的山里人，并没有失去生活的信念，他们在等待改变的机遇，相信雨后彩虹一定会出现。贫瘠的土地和喜怒无常的故黄河，是他们必须坚强地生活下去的理由。他们靠山吃山，堆土为屋，砌石为舍。他们靠河吃河，逮鱼摸虾，割蒲收柳，圈猪牧羊。用智慧和汗水，用长满老茧的双手，捡拾生活中的欢笑。农村实行大包干之后，自己地，自己种，交完国家的，剩下都是自己的。住在山上的村民陆续下山了，生活开始发生变化，人的心也快乐了，肤色也变白了。同样是面朝黄土背朝天的姿势，但一样的土地，不一样的活法。肚子填饱了，但离彻底根绝旧时痕迹，还是相差很远。更别说过上城里人的生活了，那还真是个梦想。别的不说，单说那破烂小院，单说那泥泞小路，骑个自行车也出不了院进不了村。

故黄河综合开发治理后，黄水变清了，两岸也变绿了。土地流转了，果树枝头坠满了果实。大王集小花生成为享誉大江南北的绿色品牌。山下的那口古井，有三百多年的历史了，泉水竟然更加旺盛，汨汨流进稻田，连青蛙也叫得格外起劲。那些精神抖擞的小鸡们，在山中打打闹闹地追逐。看得老头老太太眯着眼睛笑。说鲤鱼要"打挺"了，要不这山上怎么会绿得这么轰轰烈烈？

忽然有一天，鲤鱼山飘来四个字："乡村振兴"，实施旧村改造。村里来了陌生和不陌生的面孔，在山上山下指指点点，在村里村外丈量忙碌。施工机械也跟着进来了，在村口出现了正在跃上龙门的红鲤鱼雕塑。山上的流泉也流成一道道小小的瀑布，瀑布下的清潭里，果然有那么多的锦鲤在游来游去。村里人听说，鲤鱼山不叫鲤鱼山，加了一个字，叫鲤鱼山庄了！这一个字加得可了不得，整个村庄加得欢呼雀跃、欣喜若狂。一户户旧宅开始改造了，白墙灰瓦，干净利落。四合小院，端庄秀美。文化墙上，都是鲤鱼的故事和传奇，当然也少不了金锁的事迹。鲤礼小店里摆放着自产的农副产品，外面收藏的老物件，引得游人啧啧称赞。山下清潭里有几块大石头，几只鸟儿落在上面，交颈亲昵。山人说小鸟谈情说爱也会找山清水秀的地方。游人笑道，说这儿怎么会有这么美丽的一个山庄？当地人说，我们连做梦也没有想到啊。兼当导游的女镇长王旋说，这里的一切才刚刚开始，还有一系列规划项目正等待着一步步实现！当鲤鱼山庄完美打造成功的时候，就是鲤鱼进庄的时候。巧、静、清、俏将是鲤鱼山庄招待远方客人的礼物。

村书记周全胜，父子两代都当过村支书。此刻，他正带着朋友，在山上小亭子里讲述心中的憧憬。他说村里从故黄河滩面上抢回了二百亩土地，要栽上果树。不足九百口人的村子，要把老旧的民宅改造成民宿，建土菜馆大超市，村庄要变成一座大花园。然后他又起身，带着朋友去寻找山上的鲤鱼洞和历史旧址遗迹。一座山居旧宅，建于 1949 年，屋主是碾庄战役后复员的老战士，他归乡后就用石头和土，建了这座老宅。一处石头院落，建于 1932 年，原来是二进三间的院落，现在只剩下散落的石块了。这个鲤鱼山学堂，始建于 1889 年，原是风虎山乡学所在，1925 年为鲤鱼山山大王的"忠义堂"，1931 年山大王下山参加革命，这里就改为"鲤鱼山农民讲习所"，1939 年改为鲤鱼山学堂……

秋到鲤鱼山，田野里一片斑斓。地里的大豆叶子黄了，而农民正在晾晒像金子一样的玉米和玉一般的小花生。梨子坠枝，柿子红了，蓝天白云下的故道碧澄如带，收获后的土地，正等待新一轮的播种。农舍的模样静若处子，主人的心中正在盘算，接下来用什么样的农家美食迎接游客呢？用黄河鲤鱼吗？那么一鱼几做呢？三做五做，还是十八做？村前的菜园子里，生长什么样的蔬菜，才方便游客采摘呢？如果客人上山，拍照留影，我们该由谁来给他们讲鲤鱼山的传奇，介绍生长在山上的故事？他们要是住在民宿里不走了，是不是要给他们献上美酒，表演关于鲤鱼的文艺节目？陈家的丫头生就的二斤半鲤鱼——巧个，让她领跳个家乡的落子舞？周家的姑娘眉清目秀，歌声如泉水叮咚，让她唱支山庄民谣？还有李家赵家的爷们呢，是舞龙还要舞狮？要不带领客人去观鲤鱼灯？唉，要做的事真是太多了。

鲤鱼是吉祥的，鲤鱼山庄当然是吉祥的。只是这种吉祥的气象，轻易不会呈现，得天时地利人和都已齐备，那么吉祥自会天降。想想现在的小伙若再去心仪姑娘家"提亲"，送她一座鲤鱼山庄，你说准丈母娘，该会笑成什么模样呢？上门的准女婿，可是一尾色彩鲜亮的金鲤鱼啊，估计夜里都能笑得掉下床来！

陈增辉的大门，正对着鲤鱼山下的清水潭。他在院子里晒着刚收下来的花生，满满一院子，只留下一条窄窄的走路的道。他说去年的花生比今年收成好，一亩地能收八百到一千斤，卖四元八九一斤。今年一亩地只收六百斤左右，价格比去年掉了一元多。他的老母亲，穿着大红花的袄，正坐在门前，一边背对着太阳，一边剥豆棵上的荚。这些豆荚是残存在豆棵上的，没有裂开，得用手一个一个地剥开，否则就浪费掉了。陈增辉的媳妇用电动三轮车去卖花生秧，卖了三十元钱，刚刚回到家，对陈增辉说，下面该你去卖了。陈增辉笑了笑，算是认了。

陈增辉大门口就是一条刚铺不久的水泥路，过去就是一个小广场，小广场盖了一座玲珑的廊亭。我说，你们家的位置真好，有山有水，有湖有亭，还有几棵洋槐树。陈增辉说，原先门口是个猪圈，村里让扒掉，就扒了！得顾大局，小家得让大家。旧村改造，是件好事。我扒了猪圈，扒得值，你看现在多敞亮，环境多干净。太值了，太值了。他媳妇就说，做梦也想不到有今天。鲤鱼山的村民，人人都说做梦也想不到的话，似乎除了这一句，其他任何一句话，都没有办法表达自己的心情和感受。

顺着陈增辉家门口的绕山水泥路向东，不多远，就是一座新建不久的古井亭。这口古井已有三百多年历史了，在最干旱的季节，其他地方的水井干了，这口井不干，都来这里挑水拉水喝，据说井里放一个四寸泵也抽不干。井边立有一块简陋的石碑，碑上的文字极为浅显：保护古井，人人有责，破坏古井，头号缺德。这是村里人自筹资金，把古井淘洗一遍之后，立的碑，碑文是一位村民自撰的，写得歪歪扭扭，但琢得清清楚楚，看得出笔画认认真真。此刻，早晨的太阳刚刚升起不久，似乎有两个太阳，一个在天上，一个在故黄河里，美丽得很。一位老太太就坐在古井边上，身边放着一根竹杖。老人家见我向她打招呼，就说腿疼，走不了路啦。好日子多了，人却不行了。我说还早着呐。她说不早了，我都八十五岁了。我说现在活百把岁的人，多得是。她说活不了那么大，活那么大太受罪了。接着老太太说，我家也是革命家庭，能终老的有多少人？日本鬼子进中国，杀人放火，把一个村庄全烧了。48 架飞机从天上过，看不见天。机关枪嘟嘟打，大炮也轰轰炸，老百姓不敢下湖，我也是从子弹窝里爬出来的，不然哪里还会有我？我怎么会活到今天？我活这么大，受的苦和罪多了，什么棵子没吃过！现在日子好了，我又不行了，腿疼，走不了路……老太太说完，拄着竹杖，站了起来，顺着绕山水泥路，慢慢向村里走去，一团阳光就打在她的身后。老人家是幸运的，她看到了今天，她还有新的期待。

几乎所有鲤鱼山庄的人，都有自己新的期待，崔尚振相比于其他人，期待得更为热烈。崔尚振原来住在一幢 263 平方米的小楼里，宅基占地面积有八分地，在旧村改造中，这座才住上两年的小楼，正挡在规划中的村路上，必须要拆迁。既然是村里的需要，那就同意拆迁吧。评估之后，补偿费有 25 万元。村里问他是自己买房迁出鲤鱼山庄，还是由集体出面在村里安置。他毫不犹豫地说，在村里不走，由村里帮助安置。在旧村改造之初，村民多余的住房，评估之后，全由村里收回，变成了村集体的资产。崔尚振在这收回的二十多处院落里，挑选了一处，准备在鲤鱼山庄开一家咖啡厅，客人来了，可以喝茶，喝咖啡，并为他们提供鲤鱼山风味的农家饭菜，至于酒水，他不考虑提供。我见到他们夫妇俩的时候，他们正在布局院子和房间的设计。崔尚振说，咖啡厅开业后，在我家的房顶上，可以看到整个村庄和鲤鱼山的风貌。他对自己的未来信心十足。他说他选择留在鲤鱼山庄，是多么正确的选择！住在这里几辈子，父老乡亲关系这么好，我怎么会选择外迁呢？

　　他陶醉在他自己英明的决策中！这位身材消瘦的汉子，仿佛全身充满了激情，要开放出花朵来，要飞翔起来。

　　与崔尚振相比，陈宜春要沉稳的多。74 岁的他坐在他晾满黄豆的院子里。他很遗憾地说，今年我的豆子收得不好，三亩地才收一百五十斤。过去一亩地可收四五百斤。我问他是什么原因呢，他说结荚时遇到涝天了，黄豆荚没有鼓出来。我问你还有几亩地啊？他说还有六七亩。还种吗？你没听广播里说嘛，村里土地要全部流转，大家都没动手种啊。买的种子化肥都退回去了。土地流转了你准备干什么呢？没什么事干啊，肯定闲着。有活干多好，我年龄大了，出去打工没有人要了。就想在村里有活干！我说会有的，一切都是刚刚开始。土地流转了，肯定会有新的出路。他说我会逮鱼会编席，会种地会盖房，乡下的活，没有我不会的。我看他的院墙下，长着两株旺盛的毛芋，问他这东西在这里可结？他扒开叶子，让我看鼓出地面的毛芋说，你看，结得多呢！这是我专门留下的地方，留种着玩的。

陈宜金教了31年书，退休回家，生活安排得很惬意。回忆起鲤鱼山的变化，他说在1984年以前，村里大多数住的都是草房土墙。1984年以后，有了砖墙瓦片，盖得并不规范。住在山上的人家，也开始陆续下山住了。2000年以后，村里逐渐有人盖起了小楼，一家看一家，都想住楼房。现在旧村改造，2018年初就看到有人进村来测量路线，丈量民居，村民就知道，镇里要对旧村重新规划了。这是我们不敢想的。光山上的土坟就平了200多个。厕所、猪圈开始清理了。有人不理解，镇里村里就去做工作。旧房翻新后，新路进村了，文化墙亮了，健身器材也安装上了。村里人没花一分钱，享受这么好的环境，就更加支持上级号召了。上面号召土地流转，大家把庄稼收完了，没有一家种的。这是第二次入社啊！第一次入社是在1955年。那时一亩地小麦，只能收百把斤。过去经常能听到村里攮鸡打狗的，现在没有了，张口骂仗是件丢人的事！衣食住行不用愁了。可是，现在的年轻人和我们当初不是一个活法，好好的新裤子，非得开两个洞才穿，我们那时，有一点破洞也赶忙给补上，是不能让肉露出来的。过去上顿吃不完的饭菜，一定会留在下顿吃，现在好了，一顿吃不完就扔了。还有新买来的衣服，有时还没上身，就嫌过时了，扔了不穿了，不心疼吗？百分之六十的人家，都打工挣到钱买车了，吃的也都是精米细面。种地补、买家具补、医疗补，总之政府对老百姓过日子，关心无处不在。现在，是黄河故道边，怀抱鲤鱼山，碧水映蓝天，绿树绕人间。鲤鱼山风景如画，故人不识老家，游人到此留恋，姑娘不愿远嫁，日子越来越有奔头了！

陈宜金是鲤鱼山庄四名保安员之一。告别他之后，又见到了另一位保安，名叫陈宜怀。这位 1976 年退伍回村的党员回忆说，那个时候，鲤鱼山家家一贫如洗。他说他做过一次统计，全村 25 岁至 55 岁的男性，有 80 个光棍。住的草房也得弯腰进屋，下一点雨就是遍地薄泥。这位入伍三个月就入党的退伍兵，面对贫困面貌心有不甘。他想为村里干点事，让村民从山上下来住，发展生产。他向公社领导递了申请材料，领导说你的心情我们理解，但我们的权力有限，只能批 1—3 亩地用来建房，我们给你这个证明盖上公章，你去县里找找吧。我去了县里，县领导说我们最大的权力也是只能批 5—10 亩土地，解决不了你提出的问题，因为你需要 50 到 80 亩土地啊，去市里找吧。市里解决不了，又去了省里，接见他的领导说，材料放在这里，你人先回去吧。这时他身上只剩下 7 元钱了，接待他的秘书给了他 20 元路费。回到鲤鱼山不久，上面的批文下来了，给安排了土地，让老百姓盖排房，山上的村民陆续下山盖房，到了 1979 年，全村 30 多个光棍有了家。最近大约有 10 年时间，没有什么发展了。后来有人说，鲤鱼山遇到贵人才能发生大变化。这个贵人就是共产党，就是新时代，改造鲤鱼山的梦想实现了。书记、镇长来到老百姓中间，亲自做思想工作。改建期间，他们又坐镇指挥，是人民的好干部，是人民的好带头人。现在我们一有了精神享受，二有了物质享受，三子孙后代吃了定心丸，好日子在后头。

村民知道，鲤鱼山庄的改造才刚开始，许多规划还没有从图纸上落到地面上，一切正在进行中，一刻也没有停留。村、镇、县、市的领导，对鲤鱼山庄前进的步伐十分关注。用村主任周伦的话说，最为紧张的时候，从每天早晨六七点钟，忙到深夜一两点钟。负责做饭的大姐说，饭菜热了好几遍，也捞不到吃。不是在开会，就是在干活。老百姓过惯了穷日子，丢掉一点柴火也舍不得，这就得做工作。周伦的女儿哭着问他，你一天在家里有多久？把周伦问得心里酸酸的。鲤鱼山庄的人，现在信心爆棚，面对每天前来参观游玩的人，总是会说，镇里县里把鲤鱼山庄推出来早啦，我们很多东西都还没有做出来呢——村民们追求完美了！但这有什么问题呢？十全十美可能永远达不到，但不管什么时候，人们总会看到的。

我对秦飞书记和王旋镇长说，感谢你们的安排，让我见到了一个不一样的鲤鱼山庄，一枚鲜亮的睢宁印章！

岚山深呼吸

一

岚山的土地在深呼吸。

岚山的山水在深呼吸。

岚山的乡村在深呼吸。

岚山的人民在深呼吸。

岚山的深呼吸，从乡村振兴开局之年开始。而在开局之年的 1 月 15 日，陈永从魏集镇党委副书记、镇长的位置上，调到了岚山任党委书记。到 2018 年的 10 月，乡村振兴开局之年已进行了 10 个月，陈永到岚山履新已是 9 个多月。是巧合？还是历史的安排？陈永和岚山的深呼吸，是新时代催动下的深呼吸，换句话说，岚山和陈永与新时代同时深呼吸。

为什么叫深呼吸，而不是浅呼吸，也不是短呼吸？

深呼吸即腹式呼吸。从运动的角度讲，就是吸气时鼓起肚子，呼气时充分将腹部排空；从气功的角度讲，在运气作深呼吸时，首先要尽量放松全身的肌肉，平心静气地呼吸，然后再伸屈双手，尽放肺腑深深地用鼻吸气，直至不能再吸入空气为止。再将吸入的空气运降至丹田，闭气调息约数秒钟，才由丹田处运作，经肺脏、气管、喉头吐放出来。再吸入空气又将之运降丹田气海时，闭气调息的时间初时约为三至四秒，日后则慢慢练习增加至八秒左右。

呼吸吐纳是人类的自然规律，深呼吸则是顺其机能而延长之，试图改善这种自然规律而谋夺天地造化之力，以强身体。

正在深呼吸的岚山，吐故纳新，氧气充足，人的精气神正在大幅提升。

孙家玲是岚山镇一名普通工作人员，他说，真没有想到，这么短的时间，岚山变化这么大，一切都应该归功乡村振兴。

羊山村党支部书记张玉苗说，现在是越干越有劲，越干越想干。

邢圩村村民张玉超说，集中居住喊有一二十年了，也没喊成。现在喊成了！为了明天的日子更好，暂时由个人做出一点牺牲是值得的，应该的。老百姓也愿意。

那么，一二十年前群众就知道要搞集中居住了，但为什么没有成功？现在，老百姓怎么又愿意了？人们，不可能在一夜之间就转变了观念，有了深远的认识。

二

菊花在深呼吸。

紫薯在深呼吸。

稻虾在深呼吸。

松下鸡在深呼吸。

菊花是药菊花，花型金黄，大如指头。采菊花的农人，来自十里八村，散在金黄的菊花海里，像是在采茶。采菊大姐对我说，今年的水大，菊花不如去秋的好。去年的菊花，有半人那么高，也好采。我问一天采菊，有多少收入？她说说不准，有时一百多，有时几十元。去年多，去年好采，采菊是论斤给钱的，公司会派收菊花的车，来到地头上收。旁边的大哥说采菊旺期，一天挣两百多的，也有的是。旁边又一位妇女说，我们挣不了那么多，采一会儿，就得回去了。送孩子上学，接孩子放学，做饭，洗衣伺候老人，有点空了才来，挣多挣少都行，反正比不挣的强。我看到地头上有人在拍照。这么一幅美景，值得一拍。他拍的不仅是一地菊花，还有采菊的人。我突然感觉到，这些开放的小小菊花，是因为采菊人而生动的。

带着菊香，赵厚刚陪我去寨山，去看那里的松下鸡。赵厚刚是岚山镇党委宣传委员，他一路上不断地向我夸奖松下鸡。说寨山上有一千多亩松树林，有各种风景树二百余万株，山下有座土山水库，山清，水秀，鸡好。养鸡人姓谢，养了二三万只，是属于岚山镇寨山林下养鸡合作社的。这些散养的草鸡，满山遍野，吃松子、草粒和虫子，从不喂任何药物和添加剂。我问，这是真的吗？他说一会儿你就看到了。

上山的小路真的很崎岖，山脚下生长的是各种杂草，刚进入树林不远处，就看到松下的鸡在四处觅食，有的飞上了树梢，蹲在那里在思索着什么，又好像只是为了安静地睡一觉，什么也不想，恐怕连梦都不会做。谢老板迎了上来，这是一位中年山民，很开朗，很灵动。我问他这些鸡，有多少？他答说也就一万来只吧。我说从小就是这么散养的吗？他说是的。我说这山上没有野兽吗？怎么防。他说怎么没有啊！山下有围网。可是有一天发现少了不少只鸡，我蹲守了一夜，打到了两只黄猫。平时，都是用狗来看护的。我又问，那么这些鸡，早上是怎么放出来的，晚上又是怎么回来的？他说天一亮就把鸡放出去了，晚上四五点钟，这些鸡会准时回来，不用人来招呼。我问母鸡下蛋怎么下啊，不会丢吧？谢老板笑了，说不会丢，母鸡知道回来下蛋。早晚也有丢的，那是极少数。

我说，下次来可以在这山上找你的鸡下的蛋了。他就笑笑说，现在下的蛋，不够预订的，刚刚开窝。我就问鸡蛋卖多少钱一个？公鸡是怎么处理的？他说我养的鸡是镇农业公司的项目，在技术上由镇里提供支持，具体负责这个项目的人是农业公司副主任高立才。我这鸡蛋卖一元钱一个。我说不贵呀，这是难得的纯天然绿色食品呀，可以卖到一二线城市，把养鸡的过程，现场放给消费者看，一个鸡蛋卖5元！他说，在这里，一个鸡蛋卖5元，卖给谁吃呀？市场就这个价！我说，我在外地参观时，他们用桑叶枝加工成颗粒当饲料，下的桑鸡蛋，就是卖5元钱一个。你这里是用松子喂大的鸡，怎么卖不了？我指着眼前密密的松树林，还有林间的鸡们，对老谢说。老谢笑着说，卖不到，卖不到。我又问公鸡怎么卖的？老谢说，原来定的是17元一斤，后来改为论只卖了，50元一只。我感觉奇怪，说公鸡要是长到了四五斤六七斤重，50元一只，不是亏大了吗？老谢说你不懂，这个松下鸡的品种，长不了那么大，长到3斤多重，无论怎么喂，它也不长了。所以，凡是公鸡，长到了3斤多重时，必须出售了。我明白他们为什么定价50元一只了。但我仍不甘心，好像为老谢打抱不平。我说你这个松下鸡，打出招牌，到县城南关大菜市场，开个岚山松下鸡专柜，报价一百元一只，保准好卖。老谢不大相信我的话，但我相信我的判断。不管行不行，可以试试呀。

满林下的那些鸡，看着我这名不速之客，在谋划着它们的未来之路，不知它们心里是怎么想的。我留下了它们各种姿势和神情的照片，挥手向它们告别。因为我想去看看紫薯了。

在宣传委员赵厚刚的办公室里，分管农业的副镇长刘鑫已大致向我介绍了岚山农业发展的情况。他说全镇有几万亩土地，分为三大区域，东部以发展优质稻虾花生为主，中部以发展中草药种植为主，力推中医药特色小镇品牌。西部以发展林下特种经营为主，扩大紫薯、花生、果木种植面积。镇里农业公司牵头，统筹这些项目的各种服务。然后他说，岚山已是有 10 年以上种植中草药传统的小镇，今冬明春要发展到两万亩规模，目前已有 15 家中药材粗加工企业，形成了供种—技术—采摘—收购—分拣—烘干—包袋—外销初步完备的产销流程，并建有中草药产业园和万吨冷库、中草药储存加工点，三栋标准厂房，一座科技研发中心，实现了加工—收获—交易—物流服务产业链。在中草药这条产业链上，镇、村书记均为二级组长，由镇农技中心、县农委、西北农业大学等提供技术保障，与亳州对接了中草药销售市场，在保险公司为其投保，所有投保费用均由镇农业公司承担，并给予一百元至三百元的分类补贴。他们正在寻求龙头企业的突破。

我在羊山村陈集紫薯地里见到了村书记张玉苗。他指着连片的紫薯说，我们还没正式收获，只是在网上试卖了一下，五元钱一斤，供不应求。明天就是霜降了，不下酷霜，叶子不死，是不会收获的，现在正是它生长的好时候。我看见紫薯藤叶上，每一片都有虫洞，他说这说明没打过药啊。旁边人说，紫薯的叶梗，当作蔬菜吃，真的好吃。我说网上差不多说成菜中之王了。张玉苗说，今年，我们村试种了 100 亩，明年扩大到 900 亩，后年，扩大到 1 800 亩，全村适合的土地，大部分用来发展紫薯，而且要扩种春紫薯，提高品质和产量。正说着，他的媳妇扛着一把刨紫薯的工具来了，她说要刨一点紫薯给我带回去。我说不要，他们哪里肯答应，结果还是用口袋给我装上了新鲜的紫薯。我便想，带回去之后与亲朋好友分享，这可是产自岚山的紫薯啊。

陈集正在进行旧村改造的扫尾工作，他说乡村要振兴，不能不振兴。我们是在旧村的基础上来振兴，保留原有村貌，加大了空间环境治理，县里正准备在我们村开现场会呢。然后他对我说，县委书记来到他们村调研，说你们村两委班子，年龄偏不偏大啊？一要调整好班子结构，二要改造好旧容旧貌。我们村班子，换血换了四个新人，最小的才 20 多岁。我们合并家庭 28 户，拆掉了一个养猪场，回收了闸河 350 多亩废地，村子里腾出来 70 多亩发展空间，这些都归村合作社。我们原来是省级薄弱村，现在看要摘掉了，不会再享受薄弱村的待遇了。大家干的有心劲呀，3 个党小组，66 名党员，是市级党建示范村，我们有做不完的事要干。村里有 9 个山头，3 座小水库相连，集体农场要种紫薯、种中草药，我们还花了400 元一棵，买了 148 棵优质核桃树，建一个核桃基地。镇里选定的投资 30 个亿占地 5 000 亩的野生动物园，就造在我们这里，一旦这个项目落地建成，你想想我们羊山、黄山、陈集老百姓，将会变成什么样的老百姓啊？还用愁没钱挣不发财吗？只是现在的事太多，忙不过来了！他又叹息着重说了一遍这句话。

我也很开心，对 53 岁的他说，你面临重大的中长期目标，要把身体保持得健健康康，平平安安，带领全村人创造美好生活呢。他拍拍肚子说，身体，没问题。

远处山上发电的风机在转，我说这里真好。他说下面还要开发太阳能发电呢！分手时，他拉住我的手说，你一定再来啊，明年，给你春紫薯尝尝。我说能不来吗？放心，一定会。我现在去侯庙村看看稻虾养殖是个什么样子。

侯庙村书记不在家，是村主任带我去参观的。这是一位朴素的年轻人，以前在外地打工，回来当村干部，时间并不太久。他直接从田间水泥路，把我领上了稻田当中的沟渠路。这条路刚刚整理成型，还没有硬化处理。一直向前走，走到了稻田深处，他停了下来。

　　午后的太阳正亮，照在稻田上，稻田一片金光闪亮。年轻的村主任说，你看，这边的水稻，和那边的水稻有什么不同？我瞅了半天，说，我没有发现有什么不同。他说，这边是用了农药化肥的，没有龙虾，那边是没用过农药化肥的，有龙虾，再仔细看看有什么不一样？我说，那边的看不见长草，这边的有草，比稻子长得都高。还有呢？他问。我说看不出来了。他指着稻田说，这边，放龙虾的，不用农药化肥，你看，那稻根，有 20 公分高，是没有叶子的，密植的稀植的，都是这样。这边的，从根到顶，全有叶子。我一看，果然。他接着说，龙虾把稻叶全吃了，连虫子一块吃了，褪了壳排的屎，全作了肥料。可能产量低一点，但收入并不会少。我们有意在今年作了对比种植，让老百姓亲眼看看效果。明年，有了经验，就要大面积种植了。今年的龙虾，一个也没有收获出售。现在他们都已经进洞准备冬眠了。明年栽稻时，渠里只要一上水，他们就会把孩子从洞里带出来，顺着水游进水稻田里，不用再放苗子了。这些土地全是流转出来的，归村里合作社统一管理经营。老百姓可以在合作社里打工，多的一个月挣六七千，正常的也能挣四千元左右。可是，龙虾苗每年还是要买的，不然的话，产量上不去。

　　这个年轻的村主任，成了稻虾重养专家了。我说你怎么了解这么多？他说我去外地参观学习过，平时也看书看电视，不掌握这些知识，怎么带大家办好合作社啊！

三

　　岚山的乌柏大道在深呼吸。

　　岚山的党建在深呼吸。

　　群众在深呼吸，干部在深呼吸。干部带动了群众，在共同深呼吸。

秋天的岚山乌桕大道，斑斓的美让人感到不可思议。同行的朋友告诉我，这是今年才新栽下的，再给他个三五年，将会更加漂亮。我为这种选择和设计而赞叹不已。当我见到陈永，向他说了我对乌桕大道的喜欢。他只是笑笑，并没有表现出如我的惊奇。或许，这一切均在他的预想之中。

见到陈永也并不容易。我来岚山前后大约也有一周了，听到的都是别人说他的去向，却没有看到他的身影。我所到过的镇里，镇党委书记差不多个个都是这样，极少有机会见到他们。

认识陈永，是他在白塘河湿地管委会的时候，他分管基建工作，包括后来被评为全球最美九大宗教建筑水月禅寺的施工现场，都是由陈永主持的。记得在一个上午，他向我回忆了全部的施工过程，其难、其累、其复杂、其质量，绝非是一般人可以想象出来的。而他对于自己的付出，只用了两个字：责任。口气平凡无奇。

现在，终于可以和他对话了。他向我道了一声歉，说真的是太忙了。然后又说，今天是专门挤时间等你的，应该好好聊一聊了，这么长时间没见了。

少说也有两年了，我回他说。自从你到魏集镇当镇长就没见过你。我后来还曾同魏集党委书记李国君开玩笑说，陈永才来几天，你就把他推出魏集了？

陈永说，说实话，没来岚山之前，我对岚山并不了解。所知道的一点，就是这是块山清水秀的地方。既然来了，就要了解它，熟悉它，热爱它。它的花草是怎么长的，它的山川是怎么走的，它的人民是怀揣着怎样的希望。我不让任何人事先打招呼，我要下村入户去调研，去走访，去实地看一看。我需要真实的情况，而不是纸面上的口头上的，那有可能是被加工过了的东西。何况，我原本对岚山是陌生的。我要看到美好的一面，还要看到需要努力使之更好的一面。了解它的共性，也要熟知它的个性，这才不会辜负县委领导和岚山人民群众对我的期望。都说新官上任三把火，这三把火不能烧了就算了，要形成燎原之火，焚燎原之势。那么，这就需要集体来点火，而不是哪一个人点火。我要求班子首先要讲团结，只有班子讲团结，才能出效率，出成绩，出健康，出表率，出和谐，出干部。做到你中有我，我中有你，即便在工作中有了委屈，也不允许出现任何不利于团结和大局的不同声音。这要首先从书记和镇长做起。同事之间无论是对人生、对家庭，还是对事业、对使命，要沟通见解，以心换心，不做表面化的团结，要以人品团结人。智商高，情商也要高，不能一高一低。在不断地磨合中关心中看人品，看境界，看思路。严于律己，自觉担当，一级带一级，一级看一级。尤其是基层工作，不是在办公室里做出来的，而是靠脚步一点一点量出来的，需要在一线走访、发现、推动、解决。当面锣，对面鼓，少走弯路，甚至不走弯路。有些事，可以预见到，要干。有些事，不可预见到，也要干。有些事，目前条件还不具备，那么就允许给点时间，查找问题，选准方向，制定措施。总之，要放下包袱，用干事来凝聚心力，多看别人的好，才知道自己的差。寸有所长，尺有所短。至于我自己出现失误，和其他同志因为我的支持不够出现失误，我也要检讨、纠正。这就是用心用力但不蛮干。为了解决发展中的实际问题，我有一段时间两个月没回办公室，除了开会，全沉在基层。

比如去邢圩村，没有人认识我是谁。我听村民反映，说三年前就准备启动集中居住，直到 2018 年，也没有与村民把拆迁协议签成。那么，原因在哪里？

我问村民，早就听说你们这里要拆迁了，怎么光打雷不下雨？村民很干脆地说，拆不了，也建不成。我问为什么？村民说你打听这些干什么，你是哪里来的？我说我们那里也打算拆迁，就想来看看你这里的人，是怎么想的。村民说了，规划不合理，评估不合理，环境不合理，程序不合理。那就请一一举例说明，哪些地方具体怎么个不合理。原来村民认为他们这儿的拆迁，不公平，不平衡，不从众，不透明，干部不齐心，群众不同意。归根结底，是目标不一致，各自从私利出发，不讲大局，不考虑长远，不符合群众的根本利益。我调研回来后，找到蹲村包片的镇干部贴心交流，我问，你还想不想继续在邢圩干下去呢？他回答说，不想。我说如果还信任你能干好，放在那里坚持下去呢？支持你在哪里跌倒从哪里爬起来，绝对不允许栽倒第二次，如何？团队由我来帮你重新组建。他听了不回答我。我说，另外安排一个人去接你的岗位，也一定能干成，可你的政治声誉很可能就没有了。他思考了一下说，如果获得重新支持，做好群众的思想工作，是没有问题的。我说我要的就是你这句话。接着，我们敞开心怀，认真地理清思路，规划邢圩集中居住区的进展，首先要上下内在统一认识，统一操作方法程序，统一评估标准，统一公开，统一监督公布。如对评估这一块，凡是举报不合理不公平的，双倍奖励。钱由评估公司当事人出。对同意评估方案并在规定时间内签下协议的，分一万元、六千元、三千元三个不同档次奖励，拆迁的宅基地，在规定的时间内，按面积增加补贴款。面对困难群体给予适度的上房补贴。在 140 平方米以下的上房户，设立了上房金钥匙奖。对自愿拆迁到镇区入住的农户，一次性发放进镇补贴两万四千元。陈永告诫工作人员，所有制定的规定标准，必须严格执行，决不准走样。向前走是红地毯，向后退是万丈悬崖。放下身段，服务百姓，且晚上七点钟之后，任何人不允许以任何正当理由，一个人上门做群众工作，起码要两个人或两个人以上去完成，以减少可能会出现的麻烦。群众骂我千万遍，贴群众心、讲百姓的话不能变。所以，当签订拆迁协议时，忙到当天夜里 3 点半，已达 98.7%。有的农户从海南赶回来签协议，看到人手短缺，镇里工作人员都主动去帮忙。看到这种场面，全镇干群气势大振，觉得岚山迎来了新的发展机会。

岚山的乡村振兴深呼吸，是党建的深呼吸！

采蜜筑巢的工蜂

韩超是我的老乡，我住龙集，他住韩庄，相距很近，五六里地。三年前见到他时，突然感觉到很早以前就见过。韩超是能够亲近人的人，不断地说，小时我见过你。我也说见过见过。然后我们俩就笑得更亲近了。他的语速比我快，语速快的人，思维也肯定不会慢。

这一次专为去梁集镇采访乡村振兴，前后在那里待了五天，见到他三次，三次采访他个人的时间，加起来也就一个小时。我说，你忙得像只工蜂。他愣了一下神，马上明白了我的意思，说我们是一群工蜂，在乡村振兴的花海里酿蜜筑巢。哎哟喂，他真是浪漫！我说，你当镇长时好像这么说过。他说说过，不是当你的面，而是当土地的面。

我刚到梁集镇的时候，正好他在，匆匆地见了我，说先说五分钟话，然后我必须得去县里谈一个项目，外地投资老板来了。我就听他在这五分钟里，向我介绍什么。五分钟，他计算过了，比六分钟少一分钟，比四分钟多一分钟，这是韩超的五分钟时间。

他说我们梁集镇乡村振兴有个"3+1"的规划，正在逐步实施。"3+1"就是以镇区为核心，辐射另外三个点，形成四个农民集中居住区。把镇区纳入县区统筹设计，充分利用高铁、高速的出行优势，做大人气，做强产业，做高收益。打造现代农业产业园，在镇区解决1.5万至2万流转土地农民的就业，让镇区居民不仅享受宜居环境，还要有事干，还要挣到钱。镇区配套设施，如戚姬公园，如管网道路要完善……我们要的是生态宜居、人民富裕的新梁集！

韩超抬了抬手腕，五分钟时间到了。他起身结束了这次交流。

第二天中午饭前，我从葡萄园老薄那里回到镇里，坐在人大主席赵亮（与前文赵亮不是同一个人）的办公室里，等韩超回来去镇食堂吃饭。12点过了，1点也过了，仍然等不到他的人影。赵亮握着手机等他回话，终于等来一句，你们先吃，不要等我。赵亮说那就先吃不等他吧！镇政府食堂的饭菜真的不错，尤其是那米饭，软软的糯，白白的亮，香气弥漫。赵亮说这是梁集的稻蟹有机米。我说魏集也有啊。他说一样一样。我赞美那素菜炒得好，有形有色有味道。他说做菜的厨师在部队给将军做过家厨！我说我怎么看他都像个老实巴交的乡下普通农民。他说他本来就是本地的农民。我就感到梁集的农民太不简单了。

吃完饭，韩超还没回来。等到我上了二楼，在赵亮办公室的阳台上，发现韩超回来了。等我进了赵亮的办公室，他也进来了，连连向我说对不起，让我久等了。一会儿再聊。两点半吧！

两点半到了，我准时敲开他办公室的门，见他正在对另外几个人安排什么事情。等他们走了，他才同我说话，然后又补了一句，县武装部常委一会儿就到了，来检查工作。我心里苦笑一下，不知这次是几分钟对话。

他问，你去看哪儿了？我说葡萄园，老薄是个能人，标准的职业农民！他就笑说，让专业的人做专门的产业。梁集有梁集的特殊优势，要充分挖掘利用起来，选择要有针对性，让专家教授在我们优势资源上做文章。老薄是做水果市场的，我们引进他后，支持他在梁集做水果产业链。他引进市场对路的高端葡萄、草莓，引进最先进的种植模式，最科学的管理，生产优质水果。市场是他的，地方服务配套保障是我们的，由镇农业公司全盘负责，形成镇—村—户，点—线—面有机融合，实现产业振兴。我们的土地上，既有学院派的身影，也有实战派的足迹。他们做的特种高端种植，就如同精心精意带孩子，比带孩子还要用心，还要细致，创造最优的生长环境。我们要的目标是"1＋1"不是等于2，而是大于2。这就需要精准和智慧。听明白吗？这是政府引导，专家指导，能人示范，大户带动，致富群众，向高端农业要效益。不是一倍二倍的增长，而是几十倍上百倍的增长。你说这种振兴厉害不厉害？

就在这时，有人推门进来，说县武装部的领导到了。韩超立马收住话头，匆忙下楼去了。就在这时，我望着他的背影，突然就想起工蜂来！

工蜂是公认的劳动模范，素来以勤劳著称。工作起来没有停歇的时候，每一秒钟它都不忍浪费掉，不辞劳苦，任劳任怨。不停地四处飞，寻觅蜜源，寻找水源，采集花粉，吸吮花蜜，酿造蜂蜜，贮藏蜜粮。还要清除垃圾，调节蜂巢的温度和湿度。它建筑蜂房，当好哨兵，抵御敌人。它找到蜜源后，沾上花蜜，马上飞回来，用自己的舞姿，报告蜜源的远近和方向。它与敌人战斗时奋不顾身，誓死捍卫自己的家园，保卫群体的利益，保卫伙伴们不受伤害。它心甘情愿为整体的目标而牺牲自己的一切！这就是工蜂的美德。

我第三次面对韩超时，是时间最长的一次，但也没超过30分钟。这是我准备结束在梁集采访的时候。作为礼节，我要向他汇报并感谢他。他利用这个机会，同我作了这次长时间的交流。

他向我说了镇党委、政府对产业振兴的推动措施，说了所有的推动不是靠长官意志，而是从实际发展看长远，看后劲，看可持续。他说工业产品如何 2 分钟上高铁，15 分钟上飞机。农业、工业为的是百姓就业，一产二产三产，为的是群众生产。他说了医疗卫生的创新，他说了对教育的扶持，他说了超市、公园，还说了公厕——保证一平方公里一个，企事业机关单位对外开放，让久居的人感恩，让过往的人向往，让远行的人留恋。他说镇里有民情 e 站，百姓第一时间可反映困难，打造平安村庄。他说镇里成立了殡仪公司，推广弘扬文明之风。他说他们为孤寡老人安装了"一键通"，有专人 24 小时接收信息。他说他们镇杜长胜是全国道德模范，是梁集一宝，孙庙村是全国文化振兴的先进典型，又是一宝。这两个宝要用好，发挥引领作用。党员干部要亮身份，光合格还不够，还要优秀，关键时刻站出来，危难时刻冲上来。县里目标是村集体年收入 20 万元，我们的目标是 50 万元。村集体富了，就会为老百姓办实事。

韩超继续讲下去，他讲老薄是随同乡村振兴来到梁集的，是理想和市场的选择。我们起到了搭建作用。他说我们镇成立的综合执法局，在乡村振兴中发挥了无可替代的作用。

韩超大约一口气讲了半个小时，就讲不下去了。电话通知他，去县里开会的时间到了。分别时，他依然不忘对我说，再找个机会吧！

韩超捡了个大便宜。他捡来了一个老薄。

老薄长相并不奇特，圆脸，光头锃亮，双眼皮，中等身材，爱笑。走路时双肩张开来，像鸟要展翅飞翔。人，比土地还土，比农民还农民。

老薄不是梁集人，是姚集人，他说他是学字辈的，名叫薄宏源，唯水可宏大，所以名字前后有水。姚集产梨和苹果。黄河故道脚下，种庄稼长得丑，种果木都俊，也甜。黄酥梨的口感、外观，不比大沙河和砀山的差，甚至好于它们。他小时候，地里出产的梨和苹果，都是去赶市集摆地摊卖的，或者溜乡卖。出产多了，这么卖一下子卖不了，卖不了就要烂掉，一烂掉这一年收入就要打折扣，大人小孩生活就成问题，果农是受不了的。这一年又丰收了，初中刚毕业的小薄，跟随乡亲们，把梨和苹果拉到南京，把地摊摆上了瑞金路，也把铺盖摆上了瑞金路。小薄说这个时候的他和他们，像是一群候鸟，城里人根本看不起他们！看不起他们这一群候鸟，却看得起候鸟拉去的梨和苹果。水果卖完了，乡亲们把马路边的铺盖卷起来，准备回家向老婆孩子报平安。大家都走了，小薄没有走。他爱上了南京，爱上了买他梨和苹果的南京人！大城市真的好啊，哪里是家乡姚集老家可比的？家里的土地不是家里人的，是城里人的。城里人对家乡土地上的物产，发自内心的喜欢，很快乐地掏钱买去了。家乡土地负责出产果实，城里人负责掏腰包来买。小薄开始寻找批发市场，批来梨和苹果，在热河路上继续摆地摊。他仍然不敢多说话，更不敢大声说话，他靠的是价格说话。水果店里水果正常价一斤能挣一元多，他只挣一毛多。乖乖，这小孩水果真的好，太便宜了，又大又好看又好吃。卖得多卖得快，小薄把地摊又搬到夫子庙了，来买他水果的市民挤得直吵架。三个卖水果的人忙不过来，一天可卖三四吨，一天能挣一千元！小薄卖水果卖出了名气，也由小薄卖成了大薄！

大薄的水果进货量越来越大，交易量也让人目瞪口呆。批发老板给他的货反而更加便宜。这大薄就不摆地摊了，在瑞金路开了一家水果店，整个瑞金路开了 69 家这样的水果店，大多是本地人开的，亲戚朋友比大薄多得多，这大薄的 32 号水果店就卖不过人家了。他灵机一动，水果店不开了，去农贸市场搞批发。巧了，此时新疆库尔勒香梨滞销，在当地五毛钱一公斤没人要，有人找到大薄要求助销，大薄一口答应。他利用自己的市场人脉，一箱库尔勒香梨，他只挣一毛多钱批出去，三个月竟然卖出去 7 万箱！新疆的朋友就更加抓住他不放啦。第二年，他一个月赚了 19 万元！几乎垄断了南京香梨市场。20 年前，一个月赚了 19 万，可是一栋小楼啊！赚到了钱，大薄不愿意在城里买房，他回家里盖，盖成的住宅，县城的镇里的人，都去参观。住宅盖成了，腰包也瘪下去了。大薄一转身，又回到了南京。大薄不是候鸟，大薄是洄游的鱼。但他创立的库尔勒香梨市场，有人来争夺地盘了，抢夺蛋糕了。大薄不怕，他有办法面对，他干脆去了库尔勒，用他建立起的人脉关系和市场渠道，直接从新疆调货，整火车皮地调，发送到南京、上海、金华等地。大薄做得风生水起，如鱼得水。

然而，就在这个时候，韩超捡到了老薄——大薄改成老薄了。

他上任镇党委书记不久，县里正在实施乡村振兴战略，努力全面实现小康社会。乡村振兴二十个字，首推的是产业振兴。没有产业振兴，其他振兴根基不牢，也无从实现。他思考调研一番之后，决心根据梁集实际基础和条件，发展现代高效农业，从这里找到产业振兴的突破口，搏出一条阳光大道。领导班子一研究，一致拥护，好，干！

怎么干？找项目，找人才。韩超说，有没有种高端水果的人才？比如草莓，比如葡萄，比如枇杷，比如火龙果，比如冬枣，等等。有人对他推荐说，睢宁姚集有个在南京卖水果的老板叫薄宏源，是不是可以见见？招商引资？有人说，他是个卖水果的，又不是种水果的，不搭界，现在还没有水果给他卖。韩超想了一下，坚决地说见，马上联系马上见！他能卖水果，就会有办法种好水果。

他有那么大的市场，就是最好的基础，就是做好产业的保障。有时候，做市场的来做产业，更加懂得问题的关键！

老薄如约来到了梁集，见到了从未谋面思贤若渴的韩超，两个投机的人一见面，就敞开心怀了。当然，韩书记主讲，从基础讲到现实，从政策讲到规划，从振兴讲到实施，从乡情讲到地域优势，总之，有利的不利的，想到的没想到的，都开诚布公端出来了。老薄呢，把他如何从家乡出走，如何一路打拼，以及对市场的分析，对高端水果的认识，从本地讲到国内，从国内讲到国际，从传统讲到现代，从经验讲到专业。这两支火苗会聚到一起，点燃熊熊创业的大火了。最后拍板，老薄投资高端农业产业，梁集负责基础保障，依托镇农技公司，签订合作协议。53岁的老薄，在梁集启动了新的创业目标。

老薄定的目标，不是来种水果，而是做高端水果产业链！他说，如果纯粹为了种水果，我还要来梁集吗？韩超说，没有如果，只有更好更大的结果！

老薄苦心经营20年水果市场，就是不懂水果种植。不读哪家书，不识哪家字。看起来他不但要会吃猪肉，还得会看猪怎么走。识字和看猪走，得找专家，得求教学者。土的要学，洋的也要学。不是说外国的月亮比中国圆，而是外国的月亮下有更精美的水果。他的朋友圈广大，通天通地通神仙。他去了南农大，去了山东农科所，他说他在梁集镇接下了一个台湾人丢弃的葡萄园，他想叫它起死回生。专家说那种葡萄做不到，品种差，树势弱，没有避雨设施，很难起死回生！怎么办？老薄仍不死心，他是一个不容易绝望的人。生活经历和创业经历告诉他，从来思路决定出路，而没有绝路。专家朋友说，我们去实地考察下再作决定吧！接下来的日子，经过考察、论证，专家们给老薄指出一条路，嫁接！根据国内国际市场对前沿果品的需求，选择在 5—7 年不会被淘汰的优质品种嫁接。比如阳光玫瑰、甜蜜蓝宝石、超级女皇等。这些品种适合生长在北纬 30—35 度之间，而睢宁处在北纬 33 度，正适合。根据目前市场行情，蓝宝石在 30—38 元一市斤，阳光玫瑰在 15—20 元一市斤，而超级女皇在 50 元一市斤。尤其是蓝宝石葡萄，天然无核，果实奇异——唯一有肚脐眼的，挂果期长达两个月，糖分最高可达 26 度，可鲜食，可烘干，且秋季叶如红枫，具有观赏价值。睢宁梁集的水、土、气、温、光均符合生长要求，暂时不符合的，可以改善为符合。

按照专家的指点，老薄回过头来，又向梁集土专家请教。他明白，他的身上不仅仅有韩超一班人的期待，更有梁集老百姓对他的厚望，还有市场对他的呼唤。

他的目光开始转向草莓，遥远的草莓，他要让它们生长在梁集的土地上。他开始选择草莓中的美人，隋珠、红颜、章姬、宁玉、紫金早玉、早红、太空一号、桃熏、白雪公主，光听这些名字，就叫人垂涎三尺！他要在最科学最漂亮的空间里种，从地面一直种到空中，不是瞄准本地市场，而是全国全球市场。他在谨慎地计算着，一亩草莓要实现的经济价值，从梁集一路计算到深圳，到香港，到欧美，不同品种亩产价值有的在 6 万元，有的在 9 万元，有的在 15 万元。公式化种植，标准化采摘，产业化推广，统一品牌"鲜食坊"上市。

老薄说，江苏农科院是我的战略合作伙伴，我们特聘了全国顶级草莓专家作为技术支撑，加上江苏佳盛源农业开发有限公司、兴梁农业公司，组成公私合营的徐州佳旺生态农业科技有限公司，联合打造优质葡萄和草莓。优质品种由专家们免费提供。根据市场现状，日本种植的草莓不超过三代，欧美不超过四代，而我们超过了十几代。现在我们按国际标准种不超过三代，建立了自己在苏北最大的培育基地，目标为 2—3 万亩草莓提供种苗。今年将培育阳光玫瑰 5 万株，超级女皇 1 万株，蓝宝石 30 万株。仅超级女皇种苗，市场卖一百多元一株。而我们要对农产品，拥有定价权，这样才能保护好自己的利益。把产业链做到华北、华东等全国市场。知道吗？全国蓝宝石种植目前不超过 5 000 亩，而我们今年就种植了 500 亩。下面，除了免费培训农民技术外，还要整合全国各大电商平台，在梁集镇召开签约大会！长江水大家共同喝。众人拾柴火焰高！

韩超、魏懿、赵亮、王荃、冯科长们提到老薄，自然是情不自禁，喜形于色！这不奇怪，在乡村振兴的大潮推动下，他们捡到了一个宝贝——职业农民薄宏源。我说韩超，如果你们自己花钱培养这么一个人才，得要多大的成本，才能有这个人这个市场？他个人奋斗了 20 多年啊！现在，你们引来就用了，而且用得顺手，该多么划算！老薄为摆脱乡村的贫困，从乡下走到了城里。在城市里，练就了一身驾驭市场的本领，重新回到了故土，从城里带来充沛的雨露，浇灌在生养他的土地上，让土地的光环，成十倍百倍地增长，来重新装扮故乡，重新丰满故乡，然后又把故乡更美的硕果，送进城里，这就是老薄和与老薄一样奋斗在田野上的农民。他们种地，种出哲学来了。

老薄说种地先养地，养树先养根。一开始，他发现土壤的酸碱度是不适合葡萄生长的，那么就要通过科学手段，调节土壤的酸碱度。用高温高湿先灭菌，再施有机菌肥、饼肥、蘑菇肥，把土地养好了，才能真正栽植。我指着一片敞开上盖的大棚，问为何这个棚子没有盖，而且下面还灌水了？他说这个蓝宝石，花芽分化需要自然风和光，必须经历风霜寒冷，你看这叶子像不像枫叶？放水冬灌，是为了促进根系生长。冬天了，地上不生长，地下一刻也没停。到了春天，新根开始壮大，直接就会把营养输送给枝叶花芽了。我的这些品种，是针对市场选择的。市场要张三，专家就不可能为我研究李四，研究再好市场也不要，产生不了价值。市场要李四，专家就不在张三身上多费工夫了。严格地说，科学技术＋市场才能等于第一生产力。仅仅靠科学技术，没有市场，对我种果人来说，还不是第一生产力。所以，那些顶级专家都喜欢和我合作，因为我能最快地使他们的研究成果，实现经济效益。

在一片葡萄园里，老薄先是向我示范如何教农民工剪枝，然后抓起地上的土，教我辨认施的是什么菌肥，又指着林下行间栽好的苞菜说，这个是净落的。有人问他农民工一天多少工钱？他说 70元。对方说别的地方只出 50 元。老薄说为什么只出 50 元？我给 70元，老头老太太干活高兴。他们也不容易！老薄说得轻描淡写。见我愣了一下，又补充说，要我到这来干什么的？不就是让农民富起来吗？等我进入丰收期了，用工费会给的更高。我问何时回本？他说一年半左右收回全部投资，然后每年以一千万元递增。我说有把握吗？他哈哈大笑，说当然有把握了！我说依你对自己的判断，你的能力可以经营多少亩高端果木土地，他说三万亩吧！后来我才知道，韩超围绕梁集现代农业科技园，为老薄就准备了三万亩流转土地！

机会是留给有准备的人的！我心里想起了这句话。

吃过火龙果，从超市买的，那样子十分诱人，忍不住想掏腰包。这奇异的果实也的确招人喜爱，但我和许多人一样，不知它是在哪结出来的。是大树吗？树又是什么样子？要爬很高吗？这么红艳的果实，结的肯定离太阳很近。

本来梁集镇委副书记王荃是带我去参观镇区农民集中居住区的，与分管城建的副镇长钦林意交流后，王书记带我去看睢宁县现代农业展览馆，那是一幢粮仓造型的金色建筑，刚刚落成不久，大门紧锁着，还没有对外开放。

王书记就从这里开始，大致向我介绍了梁集镇在乡村振兴中的农业产业布局，他不分管这一块，当然不如后来分管的镇人大主席赵亮向我介绍的那样详细。但他带我去参观了一圈，我还是被震撼了！照这么设计规划，梁集镇的农村产业不振兴，那还真的怪了。就在这么个当口，王荃说，我带你去看火龙果！

从梁集去魏集湖畔槐园参观时，这条路走过许多次，却没有留意旁边就是火龙果种植园，更没有留意在路边，有一个现采现卖的火龙果摊子。我先是进了火龙果栽植大棚，整齐的火龙果树长得正旺，伸出的枝条，像一支支三角形手臂，手臂上结着火龙果，有红的，有青的，有半红半青的。我感觉这东西长得怎么像仙人掌？后来才知道，火龙果树果然为仙人掌科的三角柱属植物，原产于巴西、墨西哥等中美洲热带沙漠地区，属典型的热带植物。火龙果先是由南洋引入台湾，再由台湾改良后引进海南、广西、广东、福建等地栽培。火龙果因其表鳞片似蛟龙外鳞而得名。它光洁而巨大的花朵绽放时，飘香四溢，盆栽观赏使人有吉祥之感，所以也称为"吉祥果"，又名青龙果、红龙果。果实呈椭圆形，直径10—12厘米，外观为红色或青色，肉质有白色、红色或黄色，种子黑色。营养丰富，功能独特，含有一般植物少有的植物性白蛋白以及花青素，丰富的维生素和水融性膳食纤维，属于凉性水果，在自然状态下夏秋成熟，味甜，多汁。

大棚里有人进来，盯着火龙果树，一一看过去。我以为她是主人，就想请教她火龙果是如何栽培的。她不好意思一笑，说她也是来看火龙果是怎么长的。我们听了对她会心一笑。走出大棚，就到了路面出售火龙果的摊位前，桌子上摆着一堆火龙果，鲜艳的诱人。有人围着桌子在挑选。我问谁是老板，有人指着一位穿着干净的农民模样的人说，他就是。一攀谈，知道他已经 66 岁了，名叫李明太。火龙果是他儿子在南方打工时，引进回来的，流转了 78 亩土地，栽培了 60 亩火龙果。我问你儿子呢，他说还在南方打工。王荃接上来说，人家在南方当老板了。我说，那么这 60 亩火龙果就交给你打理了？李明太说是的。

你能管理过来吗？

雇人干呗。

一亩地能结多少斤？

头三年也就 5 000 斤吧。

后面呢？

李老头看看我，说这个不能告诉你。

我看打听不出来了，就换了话题。

你这一斤卖多少钱？

不倒价，一斤 15 元。

一亩地收这么多，都卖到哪儿去了？

还要上哪卖？我在这地头也不够卖的！

哎哟，这一亩地要是结了一万斤，能卖 15 万呀！

结不了一万斤，七八千斤能结。

我一听笑了，这李老头对我没瞒住产量。

这时，有人说，超市里卖 5 元钱一斤，他卖 15 元，超市里卖 10 元一斤，他也是卖 15 元，超市里卖 20 元一斤，他还是卖 15 元！

我说这一亩地收入十几万呀！

回答说那可不是！

　　我突然对李老头和他的儿子敬佩起来，这里的农民，在乡村振兴中怎么会激发出如此的智慧和能量呢？这火龙果在梁集的土地上，真的火起来了，吉祥起来了！这里面还蕴藏着什么含义呢？

　　刘邦的爱妃戚夫人，出生在睢宁县梁集镇。

　　戚姬娘家所在地，现在叫戚姬社区了。几位上了年纪的村民，在社区小会议桌前，说着戚姬苑的故事，很快就说到了村民集中居住的事上。他们说16个自然庄有23个姓，现在已经有两个自然组完成了拆迁任务，剩下的得什么时候拆呢？不知道，没有听到上面来人说。那么建设集中居住小区后，戚姬苑怎么办呢？这几位说，当然希望把它保护好，开发好，开发成乡村旅游的文化景点，社区可以增加收入啊，村里人也自豪啊。

　　一块久远年代的土地，如今产生了新的渴望。我曾对丰沛朋友说，没有睢宁人的侠肝义胆，也许就没有你们足以自豪的汉高祖刘邦了，没有刘邦，哪里还会有大汉王朝？他们说也是。现在，地还是那块地，人还是那里的人，他们想的是另一种情形了。他们在心里设计着明天，也希望昨天的历史，在明天的阳光里更加璀璨。他们已经对戚姬有了新的安排和布局，他们不希望家乡的戚姬永远生活在屈辱、痛苦和黑暗之中，而乡村振兴的故土，将会给她带来崭新的命运。这，就是时代的力量，远非刘邦可以做得到的。

热　流

　　我毫不怀疑现在的睢河街道，过去就是一个贫穷落后的农村。它离城市很近，咫尺之间，却那么遥远。城市里的声音、风景、气息，他们看不见听不到。这里的人们，对一成不变的环境和生存方式，已经习惯了，并没有多么大的奢望，无非就是吃饱穿暖，有一座自家院落，院子里养几只鸡一头猪，或几头羊一条狗。关于环境，且管不了那么多了，只要不把嘴封住，吃得下饭，就行。至于美不美，顾不了那么多。即便在门前屋后栽上几棵树，不管是什么树，也并非是为了美化，美化退居其次，栽树是为了以后变为财富，变成碎银子用来度日。当孙远晋开着车，带我在睢河街道的辖区里走马观花，我立刻就被这里的喧嚣和沸腾震撼了：这里就是曾经的农村吗？不是，你拍张图片，发在网上，说它是北上广深的某一角落，没有人会怀疑它不是！一栋接一栋林立的高楼——这是村民小区，漂亮的厂房，正在施工的高铁商务区，正在新建的村民安置房，大片小片的新栽的成片林等等。孙远晋边开车边向我介绍这些，显然，他对这里一草一木都很熟悉，闭着眼也能说得出来，而我就不行了。仅凭脑子记下这些巨大的变化，我没这个本事，用笔记下来，又赶不上他介绍的节奏。索性，就这么听着吧。孙远晋谈睢河的昨天，谈睢河的眼下，什么项目投入了多少个亿，什么地方，将会做成什么样的小区。县领导对睢河街道的要求，市县领导来到这里考察调研给他们作出的评价和指示。而那些工地上，工人们冒着严寒在施工。孙远晋告诉我说，你去看看正在施工的地下廊道，看它气势厉害不厉害，连徐州也不可能有这么深这么宽阔的地下廊道啊。我去看了，的确令人震惊，这么大的工程在这里实施，县城可以使用这条地下廊道，畅通无阻直达高铁站！

我想起了宋振伟书记面对我时的自信和笑容，现在明白了他的自信底气就来自于这片正在沸腾的土地，他向我讲述了睢河街道的四大板块，讲了招商引资，讲了生态环境，讲了社会治理，后来他讲这一切就是为了让睢河农村变城市，农民变市民，村庄变公园，实现老有所养，幼有所教，中有所用，弱有所扶，人人干事。他说投资24亿的安置小区，马上就要启动。其中基础设施就投入了三四个亿。再用一至二年，睢河街道将实现历史性的巨变。

睢河的"百村万树"工程的效果，许多外来人看到都满眼惊喜。我的朋友褚福海在一篇题为《旷野绿荫浓》中写道：

于是，在热心的本土作家陈恒礼引领下，我们撷取了颇具代表性的睢河街道，驱车前往采访了党工委书记宋振伟。英气逼人的宋书记从警多年，干练，稳健，转身履新后显现出了他作为一方执政者的睿智。聊到树的话题，他目含春光，面漾喜色，略一沉吟，便如数家珍般打开了话匣子。

睢河街道是2016年初经省政府批准调整区域的，现有行政区域面积41.2平方公里，人口4.33万人，管理13个居委会；耕地面积2.1万亩，截至4月中旬，已植树约1.5万亩（含河、沟、渠、路旁等零星碎地），总植树株数达一百五十余万棵之巨。

树，在神州广袤的原野上随处可见，并非什么稀罕物。然，像睢宁这样把栽树当事业来做却不多见。"十年树木，百年树人。"一棵稚嫩的树苗，从成活至成材，需历经较为漫长的过程，短期内难以奏效，可"莫为浮云遮望眼"的睢宁人，忌讳急功近利，擅长点石成金，赋予了树深层次的含义与高附加值的回报。他们在乎的，是长期的生态效应、经济效应和社会效益，而非眼前利益。思维活跃的宋书记话锋一转，直观明晰地给我算了两笔账：首笔账是，他们把区域内所有闲置的土地纳入农村合作社，实行集约化经营，按每亩土地1 200元给业主支付租金，没地的农人可到农村合作社打工挣钱，少数缺乏劳动能力的年长者，即便帮看管看管林地，也可领到几百元工资，从而有效解决了低收入户的贫困问题，深得农民赞誉。另一笔账是，一亩土地通常可栽幼苗100株，适合本地栽种的榉树、李树、榆树、法国梧桐等种树每株30元，苗木投资每亩3 000元。两三年后，每株树的市场价约在300元，亩产值增至3万元，十年后的商品树价格就更可观，每株均价飙升为3 000元，亩产值突破30万元！哇，真是不算不知道，一算吓一跳。原来，枯燥的数字背后，潜藏着巨大的经济效益，听来令人欢欣鼓舞。

如果现在淮河街道是绿树如林，那么另一个景观就是网格如织。全县网格化社会治理创新工作现场会在睢河街道召开时，宋振伟倍感激动。他在作经验介绍时说，2017年，县委县政府确定睢河街道为全县推进创新网格社会治理机制工作试点单位，这使街道党工委、办事处既感到振奋，又深感责任重大。他们解放思想，积极创新，大胆探索网格化社会治理新模式，打造统一高效的综合服务管理体系，走出一条符合基层实际、适应工作需要、具有睢河特色的社会治理的模式。这就是党建引领，打牢网格化工作基础，建堡垒、树旗帜、伸触角。这就是组织保障，加强网络员队伍建设，强化治理保障，建立治理阵地，配强治理队伍。这就是配套齐全，强化网络软硬件建设，加强三级网格化指挥中心建设，加强网络员队伍的装备配备，补充完善网格设施的配备。在软件方面，着眼于长效机制，建立服务管理宣传机构，建立经费保障长效机制，建立目标管理考核机制，建立网络人员储备机制。从而为"平安睢宁"贡献"睢河力量"。

在党建工作的引领下，成绩突出特色的不仅是网格化社会治理，而是睢河在乡村振兴中全面提速。他们总结这方面的经验，引起人们的赞叹！正值徐宿淮盐高铁睢河站即将启用之际，睢河人说，新时代的高铁正向睢河弛来！

见到刘一勇，纯属意外。

宋振伟说，在睢河街道，天虹社区党建工作做得很有特点，得到了县市领导的充分认可，很快，全市乡村振兴的党建工作现场会，也选在天虹召开。他建议我去看看。

我对天虹社区，可以说只闻其名，未见其实。天虹集团在睢宁的前身是县棉纺织厂，那是在全县首屈一指的国营"老大"，从那里出来的工人，身上带的气场也与其他人不同。后来这个县棉纺织厂成了天虹集团。县棉纺织厂便成了记忆。按说，我也是县里的"老工业"，曾经做过县造纸厂副厂长，对县属"老工业"并不陌生，而且还差一点被安排进县棉纺织厂办公室做主任。只是后来，我选择了不去，我感到这家企业太大了，自己万一干不好，那可是一件丢人的事。县里有一条天虹大道，天虹社区就建在天虹集团附近，我想，天虹社区的名字可能就是这么来的。至于天虹集团，出了多少命名费，后来刘一勇对我说，一分也没见到。

这位刘一勇也是位"老工业"。今年54岁的他做过保洁员，外出打过工，卖过猪肉，也卖过羊肉，后来进了县汽车修理厂，1987年转到县柠檬酸厂，当过机修工和仓库保管员。2004年企业解体后，他开始跑运输，跑宿迁能一天跑8趟，困了就一边吃火腿肠，一边喝雪碧，也拼得够狠。

2011年刘一勇回到村里，当了村文书。文书不是支书，在村里，文书最小，支书最大，他主要的任务是代支书去参加各种会议。2014年1月4日村里举行村民选举，他竟然当选了村主任。2016年村里举行换届选举时，他仍然当选村主任。时间来到2017年，母亲病危，家里负担开始加重，当年5月26日，他向组织提出来，不能继续当村主任了，他无法把家庭和村里工作同时兼顾起来，令他想不到的是，领导不但没有批准他的要求，反而在2018年7月下文，他被任命为天虹社区党总支书记，他成了9个小区、4个网格、80名党员、2.53万人的带头人，而这距他提出辞去村主任一职，仅仅才过去一年多。

这些情况，是我到了天虹社区后才知道的。我刚到社区门口，正惊讶这地方的格局，门前的人就迎上来了。有人介绍这是刘书记，话音刚落，这刘书记竟一把把我抱住了，弄得我一愣，再抬头看他，他一脸笑容，一下把我拉回到从前。我想起来了，许多年前，曾在一起吃过饭，而且我曾租住的房子，就在他的村里，与他不远。

我租住的村庄原来叫潘村，县城北边的城乡结合部，农村该有的模样它全有，城里该有的它一点也没有。如今，潘村在地球上已经彻底消失，取而代之的是天虹社区。如果谁企望去寻找过去的旧地，结果肯定是一脸的惊愕和茫然。这个世界变化太快了，童年、少年、青年，甚至是昨天的印痕，今天也无法寻找到了。你对家乡的印象，很快会换成另一种图景。

正这么胡思乱想着，刘一勇已经几乎是搂着（他个子大，我个子小）我进了村综合为民服务大厅，向我介绍了这里所有的服务项目，以及大厅建成后获得的荣誉。然后，拉住我的手上楼，从一楼到三楼，从三楼到楼顶，一层一层地走，一个房间一个房间地看。这个社区的氛围，就像是一个党建的堡垒，所有的工作，所有的规划、措施、历史、人物，无一不指向党建工作。站在楼顶，全城的灯火已经璀璨起来了，刘一勇说，过几天，全市的党建工作现场观摩会，要到这里来开，忙得晕头转向。准备的东西太多了。我说，你不准备也够看的了，他说，不行，不行，还差得远了，你没有到别的地方去看看，他们比我们做的好多了。

我看着这位上任刚好一年的村总支书记，他还是那么憨厚地笑着。他是在笑看脚下的土地，并笑迎明天的欢乐吧！

从龙英织造的大门前经过，我一看"龙英"这两个字，就感到与众不同，多么阳刚！多么自信！据说，它的前身是集织造、印染、服装、房地产于一体的企业，投资达40个亿。后来，这个计划搁置了。新的老总陈明森接过来之后，与县里主要领导沟通后，调整了思路和布局，把其他项目去掉，专心经营织造这一块，并把40个亿的投入缩减为5个亿，600亩建设用地改为260亩。思路一变，目标就十分集中了，2017年进入设备安装，由1000台套变为2000台套，2018年就投入生产，而且是全线满负荷开工，年产值将达到2个亿。企业700名员工基本上是本地人，平均月工资在4000元左右，而且福利待遇、五险一金、节假日全部按国家规定执行。有许多本地员工原先是在外地打工，现在回到家门口务工了。员工喜欢在这里上班，不是因为钱多，而是因为有发展空间，而且因为家在这里，他干得放心，干得开心。

洪文川今年 36 岁，他说他是位中专毕业生，现在是龙英织造的具体负责人，员工们喊他为洪助理，显然他是总经理的助理。集团信任他，就把睢河街道的龙英织造交给他了。我看他很腼腆，并没有多少言语，也显得并不忙碌，除了偶尔进来个人，请他在单子上签个字之外，没有人来，也没有电话。一切都那么安静，洪先生好像是外来的客人，在这里享受快乐的时光。他说他们的龙英织造，节假日里不能停工，否则成本加大。那么职工在八小时之外加班，是要给补助的，一分也不能少。新来的员工有两个月的培训期，企业也要发工资的，保底一个月 2 000 元。企业还会开展劳动技能竞赛，开展篮球、乒乓球、拔河比赛，搞自己的春晚。我说你对你的工作安排很从容很自信。他说他 2015 年开始追随老板的脚步，从干财务开始学习，努力到今天，算是有所收获。我选择了这个企业，看中的就是它的发展平台和科学人性化的管理，还有全神贯注的工作精神。我是一个新睢宁人，要融入睢宁发展的整体，这也叫与时俱进。我依靠的是全体员工的支持。我们车间有一个睢河街道本地人，就住在工厂后边，不足 500 米距离，他原先在南方打工，听说我们在这里建厂，就回来报名了，现在是车间课长，年薪已经拿到 10 万元了，比我也少不到哪里去。

我立即对洪先生说的这位本地课长起了兴趣，说请他来见一面如何？洪先生说这个怎么不可以。他开始掏出手机打电话，不多时，我要见的人来了。

我要见的这位年薪 10 万的本地龙英织造员工，名叫高宏波。

高洪波上的是梁集镇戚姬中学，本人是睢河街道联群社区的。2007 年 7 月，他 14 岁初中没毕业就去了盛泽打工，学的是纺织，一开始没有工资，去打工时还是托人情进的工厂，进厂交500元学徒费，学习一个星期，学不好就走人。而他学了一个星期后，被留下来了。巧了，正好有人辞职，由他来顶岗，第一个月他拿到了900元工资。干了两年后，他又转到了另一个纺织厂，当了班长，月工资上升到3000元，他还学会了生产工艺和机器维修，当上了车间主任。又因为这个厂的一位工友，被挖到另一个企业当厂长，就顺带把高宏波也挖走了。但他只干了一年，因为父亲被车撞了，他只好回家一边照顾父亲，一边帮父亲打官司。官司打赢了，赔了他16万元，而他父亲两次手术就花去了13万元，除去其他开支，所剩无几。他只好继续去南方打工，做了车间主任助手，工资上升到每月6000元，这一干就是三年。2015年，他的师傅把他介绍到另一家企业做了车间主任。到了2016年，他知道家乡落地了龙英织造，广告牌就立在公路边上，他在第一时间就报了名，成为老板朱明森接待的第一名员工。通过交谈得知，他以前在盛泽等地打工学的知识，相对于这个厂的要求，相差太远了，不管是工艺还是管理，乃至一个细节，都要从头做起，从头学起。他表示只要朱老板教，他就会认真地去学，他没有任何条件。他说，他在这个厂干了两年了，比在外漂泊十几年学的都多。他说他选择回家打工，是选对了。他在企业发展的空间，远比他想象的大。我便对他开玩笑说，你想将来当厂长吗？他笑笑没有回答我。可能因为洪在身旁吧。可洪也说，当厂长又怎么不能想呢。

高宏波管理的车间有40多名员工，像他这种从车间普通员工提拔的本地人，有两三个。他每天早七点半就进厂了，把头天的工作检查一遍，把当天的工作安排妥当，保证生产正常进行。他说他回到了龙英，老婆也和他同时来到了龙英，现在正在家里带孩子。第二胎孩子刚刚两个月，等孩子大一点了，她会重新回到厂里上班。龙英会给本地员工机会。洪先生在旁边说，我带来的人才十几个，不依靠本地的兄弟姐妹，怎么可以呢？全依靠他们了！

　　现在的光华社区，大部分居民来自原先的伙房村。许多年以前，我去过伙房村，并曾在 2013 年出版的散文集《气象》中以《好事多》为题，写过这里："村东首有一条乡村小路，路边有修路时留下的一条水沟，大约也有二丈宽。在这条水沟旁，前排后排人家都有桥可过，唯有当中一排没有桥，闺女出嫁儿子娶亲没法走车，收麦时收割机、拖拉机也没法进出。

　　"这伙房村有个典故，说当年小日本侵略中国时，在伙房村东南角扎营驻兵，那个地方现在还叫李鬼村，意思是日本鬼子驻扎的地方。日本鬼子在这里盖了炮楼，于是在四边就出现了前楼村后楼村，还有西楼村东楼村。伙房村四周有圩墙，当地老百姓不叫它圩墙，叫城墙——厉害吧。在还没有使用火柴的时候，村里人多使用火石打火，很不方便。伙房村呢却是长年不断火，周边老百姓到做饭用火时，会到'城墙'里来取火。时间久了，就称这里为伙房村，约定俗成，又有人开玩笑说这里是'厨房村'。现在有 546 户，2 127 口人，可耕地 4 800 亩。村支部书记叫王丙建，细瘦精干，语速较快，是名复员军人，当了近 20 年村干部，上任书记刚 4 个月，他向我介绍伙房村时特别说到了心中的新农村建设。他说这里的老百姓地多一些，人均有三亩。上边在这里规划新农村，前天县长来这里刚做完第二次民意调查。大概九月初就可以实施，用两年时间，要盖 20 排楼房，每排 6 户，独家独院，老百姓都在盼着，全村能腾出 800 多亩宅基地呢。"

　　这段文字记述的是在 2012 年夏天发生的事，如今 6 年时间过去，王丙建说的新农村，远比他当初想象的要美丽多了，伙房村当然也不存在了。

他们给我找来了三位普通村民。

一位叫王奎的村民，大冷的天，他穿得很少。里面一件棉衬衫，外面一件羽绒服，还没有拉上。他说现在住在小区安置楼15层，均价2160元一平方米。他现在在八里开环卫车，每个月4000元工资，家属在家门口打工，1600元一个月，有一个小孩，也在打工，每月2600元。一家三口，如没有天灾人祸，日子越过越好。过去是钱值钱，但腰包没有。现在东西值钱，但腰包有了，掏得起，想买啥就买了。小孩说要买辆车，三天后，我就把车开回家了。十好几万。卖车的老板说可要贷款？我说，不就一辆车的钱吗，做什么贷款！他停了一下又说，过去穿衣服，破了补，补了破，舍不得扔，现在呢，我拉垃圾，看到多少好衣服，跟没穿一样，说扔就扔了！

听了王奎的话，另两位村民，一位叫赵虎，是原伙房村的人，另一位叫王敦琴，是原王小楼村的人，接着说，过去在村里，为了地边子宅边子，为了鸡鸭猫狗，哪天没有吵仗的？现在怎么吵？吵不起来，没有了。过去端着个碗，边吃饭边串门，现在也没有了。楼上楼下住着，不打电话不敲门是不能进屋的。过去，可不是这样的啊。现在文明多了，家家干净明亮。记得拆老房子时，九十多岁的老母亲哭了好几次，现在呢住了新房，天天笑，她活着的时候，看到了也享受到了。

我喊他卢总，他说我不是卢总，我只是亚琦集团在睢河街道项目负责人，做的是中国睢宁国际物流商贸城，总投资40个亿。

上午我来到过他的办公地点，这是街道为他们安排的临时办公场所，地方很不错，让人感觉是个办大事的地方。卢总不在，当我们准备走的时候，他回来了，高高大大，利利索索，说话很干练，好像心中有五岳山河的气象。我们约好，下午二点见。

我是过了二点才到的，他早已在办公室里泡好茶等我了。这让我立马感到这是一位说话靠谱守时的人，不会忽悠。用得着忽悠吗？既然要做事，就要做好人，事是由人来做的，一个不靠谱的人，做事会靠谱，鬼才会相信。

我成了他忠实的倾听者。

我们在 2018 年初，选择了睢宁，选择了睢河街道。我们力图用三到五年时间，在这里做好一个物流基地，我们集团不上市，在全国专业市场一直做得风生水起，名列前茅。按照战略发展，我们已在吉林、江西、陕西、福建都作了布局。项目在睢宁落地，在江苏是第一家。睢宁县是徐州东大门，历来是兵家必争之地，也是商家必争之地，乡村振兴在全市全省乃至在全国，都走在了前列。而且有高速、高铁、机场、码头，交通区位十分优越。电子商务线上线下，更是在全国辐射，影响力极大，何况产业振兴在睢宁风起云涌。我们选择在这里，越发有信心。这里的人亲商爱商敬商，我们来了，他们为我们选好了临时办公地点，县、街道领导经常来回访我们，问的是困难，问的是要求，问的是服务，对我们是深耕细作。睢宁有几十万人在外务工，我们项目建成之后，至少会安排 2万人在家门口打工。你想，600 亩商贸区，400 亩物流区，这得需要多少人服务？用不了多久，你可以看见我们耸立起来的写字楼、公寓楼。睢宁因亚琦而骄傲自豪，亚琦因睢宁而自信。这是我们亚琦集团的理念。

卢胜的手机不断震动，听他接电话的口气，一定是有客人来了。我准备与他告辞。他却拿出两本书要求我签字，我一看是我的，一本叫《中国淘宝第一村》，一本叫《东风吹》。他是从哪里得到的这两本书？怪不得他对睢宁电子商务的发展，了解的这么详细！我当然很欣喜地答应了他，而且记下了他的手机号码，对他说卢总，期待在写字楼再见到你！卢胜卢胜，一定要胜。

卢胜坚持说他不是老总。那他真正的老总在哪里？

尾声　穿过童年的河流

印象里童年家乡的河流，是等鱼等出来的河流。

家乡龙集东边，有一条牛鼻河，河不宽，却也不窄，河面大约也有几十米，高高的河堤，长满了洋槐树，开花的季节，一树的白，一河的香。放蜂人来了，洋槐林里都是蜜蜂的歌唱声，振翅的嗡嗡声。天很蓝，似乎是洋槐叶子颜色染出来的，连一丝云彩也没有，高蓝高蓝的。这个时候，牛鼻河水像一条飘动的蓝带子，飘飘洒洒地由远而近。水很清澈，可以看得见游鱼的小眼睛。鱼游得很欢畅，一阵过来，一阵过去。水流从北向南，缓缓地流。水面上飘着白色的洋槐花瓣，浅绿色的花萼像小小的船。船里载着蜂儿的欢乐，去寻找下一个有趣的地方。

牛鼻河在我家乡算是一条大河，就全县来说，比它大的当然还有很多，比如故黄河、徐洪河、徐沙河、老龙河，历史上还有睢水、武水、沂水、泗水。现在诸水消失了，只留下了诸河。其他的河流离我家很远，只有牛鼻河离得近，有二里路那么近。当然老龙河更近，就在街西首。这里先说牛鼻河，每到汛期发水的时候，河里的洪水涨出河床，漫过堤岸，田野里一片白茫茫的。夜里河水上涨的咆哮声，能把人们从睡梦中惊醒，但人们并不惊慌失措，淡定得很。天还没亮，就拿出各种渔具，等鱼去了。什么叫等鱼？牛鼻河涨水，两岸的大渠小沟里水会少吗？它们有的继续向大河里流，有的流不进去了就由大河向外流。人们支好渔网，站在大渠小沟里等鱼。一只脚抵住网底，鱼儿顺着水流进入渔网，脚丫子首先会感知到，把网朝水面一端，这鱼儿算是等到了。有的干脆把网支在沟渠中，回家睡觉了，睡醒之后再来收鱼。天上的雨还在下，一阵急一阵慢，等鱼的人也不在乎，有的人披着蓑衣，有的人只顶着一块塑料布，乐此不疲地等鱼儿进网。等到的鱼放在水桶里、盆里，或另一只专门放鱼的网里。等鱼的人一般对吃鱼并不十分喜爱，得了这么多鱼怎么办？左邻右舍都会有人去等鱼，又不缺，送不了人就拿到集市上卖，这时鱼市上的鱼就非常便宜。现在下多大的雨，河水也不再涨满了，河里的鱼也少了，好久没看到再有人去等鱼。钓鱼的人倒有，却也钓不到大一点的鱼。河水变得不长鱼了。等鱼的欢乐只留在那个时代人的记忆里。

印象里的童年河流，还是洗澡洗出来的河流。

牛鼻河的两岸，长着各种各样的野草，高的矮的，有的叫得出名，像抓秧草、毛谷油、节节草、老和纳、豆瓣花、苣荬菜等等，有的根本叫不出名。那个时候野草也值钱，割了卖给生产队喂牛，可记工分，也可以晒干了拿到集市上卖，给孩子换买铅笔的钱。生产队草收多了，成了鲜草堆，孩子们会在草堆里打滚，青草的味道清香好闻。

割草也不是那么好割的，头上顶着烤人的烈日，地上升腾起一股蒸气。干一会儿就热了。热了就下河洗澡，那个时候不像后来河水被污染了，人们不敢下河洗澡。那个时候的河流是干净的，清澈见底的，是可以洗澡的，衣服一脱，赤条条的像鱼那样，跳进水里，大呼小叫，比着看谁猛子扎得好。遇到三伏天，那就更加热闹了。河上有一座水闸，是为了旱改水而修的。水闸旁边是一座大桥，四乡八村赶集的男男女女，都要从桥上过，洗澡的有大男人，也有小男孩，也不避讳人，一律脱得上下无布丝，从桥顶上跳进河里洗澡。赶集的爷们见了还无所谓，笑一笑就过去了。而女人就难为情了，又不得不从桥上走，她们就视而不见，低着头忍住羞怯加快了脚步。洗澡的人也当作桥上无人，自顾自地戏水，不会无理取闹。没有人去指责这种行为，理由是"有理街道，无理河道"。

到了晚上，河里仍有村人来洗澡。上游是男人，下游就是女人。或上游是女人，下游就是男人，相距大约二三十米远。说话声、撩水声互相都听得见。晚上洗澡，水面有星光，或者月光，闪着碎银子似的光，朦朦胧胧看得见女人都是穿着衣服洗的。而男人洗澡都又不像白天那样脱得赤条条的，稍大一点的人都穿上了裤头，只有孩子是光着屁股。这时，你会听到有男子朝女人喊话，你过来！女人也不示弱，说有本事你先过来！有胆大的年轻小伙真的游了过去，结果被女人在水中围攻得落荒而逃，水面上就激起女人们肆无忌惮的得意笑声。也有大胆的结过婚的女人，向男人这边游来，男人早看见了，吓得赶忙向深处远处游，他们知道惹不起。

现在该来说说家乡的那条老龙河了。我总是觉得，老龙河才是一条真正属于家乡的河流。县水利志载，它是由故黄河决堤而形成的一条古河，起源于故黄河南侧龙集西北藕池，经龙集南流过朱集、南庙、武宅、小朱折向东，经小夏、找沟、七咀子入徐洪河（原安河）。县境内沿线有牛鼻河、白塘河、小睢河、西渭河、中渭河汇入，县境内全长 62 公里，流域面积 893 平方公里。据说，老龙河古有"浚而全县之水可以消"之说。中华人民共和国成立后，从 1949 年 12 月以工代赈疏浚老龙河开始，到 1985 年 11 月，共 5 次动员全县部分民工进行疏浚。我曾为这条家乡的老龙河自豪过骄傲过，地球上有一条发源于家乡的河，这是多么牛气！而且这么古老，更何况它叫龙河。中国人可是龙的传人！龙的传人生长于龙的河流，这还有谁可比的吗？

但在我有了记忆的时候，这条河虽然看不出磅礴之气，但在洪水季节，嘶吼如雷，裹沙挟泥，有摧枯拉朽之势，让人胆战心惊。只是慢慢地竟然失去了声势，源头干涸，终年无水，像是一条小水沟了。它的下游河床当然还在，也显示不了当年的雄性浑厚了。龙集大街西首，就是龙河桥，桥很小，多年失修，周身残疾，车来人往，摇摇欲坠，行走艰难。后来有人不断向上级反映，就重新修建了新桥，这才方便了赶集的百姓。龙集历史上出现了许多英雄人物，也有乡贤名士，是革命红色老区，大概都是这条河流孕育出来的史篇。

我曾想，原先村庄是没有名字的，因为村庄里有姓张姓李的人家，这村庄就叫张庄或李庄了。有的村名也许与历史事件有关，如有军营驻守，就出现了前营后营，大营小营；或与传说有关，就有了大庙小庙，土庙石庙。龙河怎么就叫龙河了？很早很早以前，这地方没有人烟，某年山东一个叫水裹龙的地方发大水，一龙姓人家逃荒到此，看中了这里大片的土地，就住下来开荒耕种，繁衍生息，不知经过多少代的努力，人烟逐渐多了起来。龙姓人家嫁女，起了个露水集作为嫁妆，陪送给两个女儿。这个集市是龙家人起的，百姓就叫它为龙集了。村庄有了名，河流自然也会有名，何况这条河流又拥抱着这个村庄，不叫龙河又叫什么更合适？人，因水而栖，河，因人而名。大概是如此吧。

记忆中的童年，村庄都与河流有关，河流与土地有关。村庄立在高宅之上，原因是怕洪水来了，河流泛滥会冲垮村庄。即使村庄不在高宅之上，盖房必用石料作为墙基，为的也是防止洪水把土墙泡倒了——这些事也的确发生过。人们在自然界取得了生存经验，又把这些经验运用在自然界中。那些房屋顶上苫的草，也取自河流里生长的芦苇或红草，或是由河水浇灌出来的麦草与稻草。涝期地里水往河流里排，旱季河里水往地里提。河流的生命就是村庄的生命，村庄里的人就是河流里的一条鱼。离开河流的鱼是无法生存的，离开村庄的人是没有家园的，没有家园的人等于失去呼吸的人。家园虽然在历史上一直是破败衰竭的代名词，而人们以极其坚韧的生活信念，把春夏秋冬过成自己想要的模样，人就有了河流的充沛和洋溢。

我童年的记忆，更多的就是这些河流。它们由大到小，又由小到大，河流随时间而变化。它们由清到浊，又由浊到清，河流随时代而变迁。没有不变的河流，也没有不变的人间。这是大势，河流是随势而动的，草木也随势而动，人也就不会逆流而动。

童年上学，从课本上知道了有一条黄河，是中华民族的母亲河。家里盘旋着两条龙，长江与黄河，我感到中国就是世界之中心。可黄河在哪里？它究竟是什么样子，就想去看看。又意识到它肯定很远很远，未料想黄河就在家门口，在家乡的土地上。当我看到故黄河时，长长出了一口气，原来黄河在这里，原来是这个样子，它并不宽阔，水流也不湍急，心里有点儿失望。黄河在咆哮，黄河在咆哮，没看出来它可以咆哮，不就是这么静静地躺在那里吗？后来了解了它的历史，故黄河去掉一个故字，它是咆哮过的，怒吼过的，人们是见到过的，土地上是留有痕迹的。我去过房湾湿地，这是当初黄河为我们留下的自然遗产，那种宽阔，那种蜿蜒，那种豪放，真是黄河之水天上来啊！我为黄河曾经从家乡路过而心生敬畏。与故黄河相比，那条牛鼻河，那条老龙河，是无法相提并论的。但心里仍然为它们在家乡的存在而骄傲，而欣慰。

前不久回了一趟老家，从牛鼻河上过，河流没有变化，默默无语。见到了乡亲，知道从我家门口老街向南，要全部拆迁，建村民集中居住小区。而再向南的村庄，靠老龙河两岸的，早已整体搬迁了。村民有的向龙集街集中，有的向镇区或县城集中。这可是百年未遇的巨大变化，改天换地，旧貌新颜。乡邻们说，上面的号召，该拆就拆吧。老宅留恋也没有用，连老龙河也要利用起来。我就想童年的河流，无论它怎么想象，都不会想到今天的巨大变革，它将会看到一个从未设想过的村庄，现在叫社区或小区了，出现在它的面前。我这两年的时间里，一直在故黄河两岸村庄里游走，采访乡村振兴燃烧的生活，亲眼看到故黄河两岸，那里的人们经过紧张、茫然、抵抗、接受、流泪、期待等一系列情绪的变化，实施了对村庄历史性的颠覆，变成了全国最美乡村示范村，于是又产生了迫切、开怀、自豪、庆幸、赞美等新的情绪，就想喊出童年的河流，如今正为人们缔造一个崭新的童年！

苏北乡村振兴的形象化书写

——读陈恒礼报告文学《苏北花开》

王　晖

　　在改革开放 40 年的历史进程中，江苏始终勇立潮头。20 世纪 80 年代风靡全国的"苏南模式"为江苏乃至全国农村的振兴和发展提供了"江苏智慧"和"江苏方案"。因此，江苏文学，特别是其中的报告文学对于苏南农村现代化进程的艺术再现的"量产"很高，而对于苏北特别是苏北农村这块江苏发展重要一极的表现则相对滞后。21 世纪以来的这些年，这种"滞后"的情况有所改变，作家陈恒礼对于当下徐州睢宁农村和农民的再现就是其中一个比较典型的例证。与许多报告文学作家不同的是，陈恒礼成长于徐州乡间、扎根于徐州乡间，他的题材选择和描写对象亦是徐州乡间——他与人合作的《好人九歌》书写的是徐州沛县的各界道德模范，荣获第六届江苏紫金山文学奖的《中国淘宝第一村》表现的是徐州睢宁县沙集镇的农民电商。即将付梓的《苏北花开》也同样是聚焦致力农村振兴、建设美丽家园的睢宁人。这无疑体现出陈恒礼报告文学题材的集中性和视角的专注性。

　　作为非虚构的"时代"文体，报告文学需要极强的现实性和时代性，即关注现实、再现现实、反思现实，具有时代特色和时代精神。陈恒礼的作品比较突出地体现了这一点。从《中国淘宝第一村》到《苏北花开》,作者就一直在密切关注相对欠发达的苏北农村振兴、农民致富和农业发展的现实问题。应该说,这是当下中国社会发展的大命题。自1978年中共十一届三中全会起,中国的"三农"问题就始终萦绕于上至各级领导下至普通百姓的心头。在中国已然跃居世界第二大经济体的今日,农民能否小康、农村能否振兴、农业能否持续,关乎国之命运。在文艺泛娱乐化的当下,陈恒礼扑下身子、扎根苏北乡村大地,忧患着农民的忧患、欢乐着农民的欢乐,其融入乡村的写作姿态可嘉,其强烈的使命和责任担当可赞。作者以个案解析的手法,抓住对象的现实特征,形象化地书写当下农村和农民的新变。《中国淘宝第一村》集中写徐州睢宁县沙集镇农民利用互联网平台,打造电商经济,实现自身脱贫致富的跨越式蜕变。新作《苏北花开》则倾力表现睢宁县以高党村为代表的当代变迁。如果说,前者主要写农村经济的新增长点,那么,后者的描述视域则显得更为宽广,它涉及美丽乡村建设的方方面面、林林总总,努力展示以高党村为代表的苏北农村由"农民贫、村委弱、村庄乱"发展到"农业强、农村美、农民富"的现实和愿景,形象地凸显出新时代"三农"工作的基调、步骤与目标。

　　《苏北花开》由"启程""声音""印章"三部分共16章构成。作品的前两个部分主要描述高党村在产业、人才、文化、生态和组织等方面的全面振兴之路,写出高党村民既脚踏大地又仰望星空的情怀与梦想。第三部分还写了以高党村为样板的睢宁县其他集中居住区——双沟镇官路小区,魏集镇湖畔槐园、鲤鱼山庄等新农村,以此共同勾勒睢宁乡村振兴的美丽图画。作品重点再现的是睢宁高党新村、官路小区、湖畔槐园、鲤鱼山庄等集中居住区的建设过程,"通过土地规模化流转和农村集中居住两项举措,睢宁复垦新增土地，形成管理有序、集体收益，老百姓得实惠的可持续发展的土地运营模式。""全县所有农村实现就地'城镇化'安居。故土未离，乡情依旧，变化的是多出了'满满的幸福感'。"为中国东部发达地区的欠发达农村区域的发展提供了可资借鉴的"理念"与"道路"方案。对此，作者在文中谈到的一些观点是比较深入的，具有历史纵深感——"当下的新农村建设在相当程度上也是百年来乡村建设运动的延续，从根本上说，一个世纪以来的农村建设和发展问题都是中国现代化过程中农业和农村的发展问题，也是农业社会向现代社会转型中的问题。"

这部作品以多个人物和事件的个案贯穿始终，再现的人物众多，层次丰富，形象真实而立体。他们当中有想干事、能干事、干成事、干好事的各级干部，如睢宁县委书记贾兴民，睢宁县人大常委会主任赵李，睢宁县县长朱明泉，姚集镇党委书记宋训喜、陈楚，魏集镇党委书记李国君，梁集镇党委书记韩超，岚山镇党委书记陈永，睢河街道党工委书记宋振伟，双沟镇人大主席赵亮，魏集镇副镇长樊功臣，高党村党支部书记宋以传、宋之领、宋永德，高党村主任周亚，官路小区党支部书记张祥铎，鲤鱼山庄党支部书记周全胜；也有各色百姓，如自拍家乡小视频上央视的大学生卢雪花，香玉茶吧老板娘叶玉梅，家庭和睦出人才的刘言海夫妇，引进企业服装厂总负责人陈勇，木材加工企业老板宋德强，认真而快乐的网格长宋之昌，退伍军人卢成华，"编外村民"吴琼，"科长"李莉萍等。作品还重点再现了高党新村拆迁旧屋、建设集中居住区过程的艰辛，以及在这一过程中传统与现代观念、个人与公共利益之间的博弈。譬如，对拆迁与反拆迁冲突的描述，写出了王万里、宋之武等村干部的责任与担当；王行威、管超等人在处理拆迁问题时的果敢、冷静、机智与人性化；周发财出招整治新居住区"脏乱散"的环境等。这些都详尽而细腻地写出高党村在振兴过程中所遭遇到的种种艰难——"任重道远，实际情况远比想象的要复杂。几千年几百年在乡村里积存的各种精神层面的垃圾，清除起来并非是一朝一夕就可以完成的。"在作者富于激情的叙述中，高党村民犹如"雷公桑"一般百折不挠、坚强挺立、坚守信仰，将黄河肆虐下一穷二白的村庄建设成美轮美奂、令人惊艳的"全国美丽乡村示范村"。高党村民生活在这个示范村的集中居住区，区内有专业物业公司管理，并设有智慧信息服务平台、幼儿园、社区服务中心、百姓大舞台、老年公寓、红白理事堂、居民游园、家庭农场和商业街，以及面向游客的乡村生态休闲旅游、"共享农场"、互联网＋农业模式等。

《苏北花开》开篇所写高党新村村民自编自导自演"春节联欢会"，与高党新村召开的"全县乡村振兴现场会"形成某种呼应，强烈地凸显出这座黄河故道边的千年古城，这片白墙灰瓦、花木摇曳、村貌清丽之地，正在成为"农民朋友幸福的新家园、城市居民向往的栖息地"。而这一切又将成为新时代中国特色社会主义新农村绚烂的"开花的路径"。